短編小説集

岸辺露伴は倒れない

北國ばらっど

original concept 荒木飛呂彦

CONTENTS

黄金のメロディ

人間の進歩には〈追求〉が必要だ。

スポーツ、学問、芸術。

あらゆる分野において、妥協を許さず究極を〈追求〉してきた先人がいるから、長いときを積み重ね、文明はここまで発展した。

ときに狂気とも呼べる〈追求〉の歴史は、常に新たなる発明、発見という、新世界の扉を開いてきたのだ。

そして、これもまた、〈追求〉という行いの果てに開かれた、新たな扉の話になる。


まずは七年ほど前のことだ。

当時二十歳だった岸辺露伴《きしべろはん》と、伊坂恭明《いさかきようめい》が出会ったのは、まだ夏の暑さがしぶとく残る、秋に入る頃だった。

西の武家の流れを汲む伊坂家は代々、T県の〈坂持《さかもち》〉という田舎町《いなかまち》の守り人として、不動産の管理を続けてきた家系で……恭明はその末裔《まつえい》。

三人兄弟の末弟である恭明は、大きな責任からは逃れながらも、家名の力を享受できる環境で、怠惰を見逃されてきたところがあった。

趣味は音楽鑑賞。

特に好むジャンルは〈オルタナティヴ・ロック〉。

一度は東京の音大へ通った恭明であったが、人間関係に悩み二年で中退。そもそも楽器演奏の才には乏しかったことから、音楽は完全な〈聴き専〉だ。

結局、地元である坂持へ戻ることとなり、紆余《うよ》曲折あって、伊坂家の管理物件の一つであったオーディオ機器店、〈サカモチレコード〉で働くこととなった。

「音楽繋がりってことなんだろうけど、たぶん父や兄からしてみれば……ぼくは〈一族のお荷物〉だから、とりあえず持ってる物件管理させて、手に職つけたことにしよう……というワケだ。まあ、それならせいぜい、甘い汁吸わせてもらうけどな……」というのが、恭明の認識だった。

もともと、需要に乏しい田舎町のオーディオ機器店。

代謝の緩慢な古木のように、老いた店主の下で細々と存在していたその店は、続いているとも潰れているとも言い難い状態で、昭和初期の在庫も眠っているような、一種のタイムカプセルめいた店舗だったが、幸運にも在庫の保存状態は良好だった。

「こういうの、田舎で買い求める人はいないけど、東京だったら欲しがるマニアがけっこういたろうなあ……〈パーツ取り〉とかで……」

と、そこで恭明は閃《ひらめ》いた。

ネット通販を利用して販路を開拓したところ、これが面白いほど上手《うま》くいった。田舎に存在しなかったオーディオ需要は、時代のテクノロジーを得て花開いた。

倉庫に眠った在庫から、今となっては希少になった品を売り、その儲けで、自分好みの最新鋭の商品を仕入れ、金を循環させ、店の品揃えを充実させていった。

やがて「店の管理は全部任せて、老後はゆっくりしてよ」と、恭明は老いた店主に暇を出し、店の私物化にも成功した。

結果、ネット通販をメインとし、サカモチレコードは古い希少品と新たな高性能品を幅広く揃える、マニアに名高い店となった。

アイデアは良かった。行動力もあった。だが、それはただ〈運〉に助けられた成功で、努力が欠如していた。有ったものを売ったら、たまたま販路ができただけだ。

それでも一度評価を得て軌道に乗った商売を、恭明はナァナァの態度で続け、まぁまぁ自由に金が使えるので、経費をちょろまかして自分の趣味に使ったりして、不自由なく暮らしていた。安定はあるが、変化も進歩もない日々。そういう生活がしばらく続いた。

そんなある日、岸辺露伴がサカモチレコードを訪れた。

秋の日は短いとはいえ、まだ夕日も沈みきっていない頃。

そのとき、恭明は既に店じまいを始めていて「今日は早めに閉めて、ビール飲みながら元AV女優の出るバラエティを見よう」なんて考えながら、ちょうどシャッターを下ろそうとしたところで、露伴が声をかけた。

「おかしいな……Googleの案内だと、まだ営業時間内じゃあないのか？」

夕日の逆光で、露伴の表情は恭明から見えなかったが、逆はよく見えただろう。恭明は面倒そうな顔を、隠しもせずに返事をした。

「……いえ、営業時間中ですけどね。客も来ないんで閉めようかと」

「なるほど……じゃあ客が来てよかったな。レコードプレーヤーが欲しいんだ。宅配でM県まで送れるかい？」

「……はぁ」

恭明は「地元民じゃあないな。旅行者か？　じゃあネット通販で注文しろよ」と言うのはぎりぎりこらえて、露伴に向き合い、とりあえず威嚇的な台詞《せりふ》を並べた。

「それで……えェ～～っと……おたくゥ――……どの〈メーカー〉をお探し？　カートリッジは〈MM〉？　〈MC〉？　イコライザーは？　一口にプレーヤーってもね。オールインワンので手頃なヤツならヨドバシカメラとか行った方がいいけど、〈マッキントッシュ〉とか欲しいのォ――？」

早すぎる店じまいの理由の一つは、恭明の人間嫌いにあった。ネット通販ならともかく、対面の接客に向く人間性ではなかった。

　そんなもともとの性格に加えて、恭明は学生時代から「ぼくはものを知っている人間だが、アンタはどうだ？」という、〈ピュア・オーディオ・マニア〉のディープなノリのやりとりが染《し》みついていて、偏屈な人柄を加速させていた。

　そしてネット通販が主軸だというのに、恭明の店をわざわざ訪ねてくる客といえば、たいていは知識に覚えのあるマニアばかり。

「プレーヤーの針圧は何グラムだろ？」とか「現代のCDの音質は本当にレコードを超えたと思う？」とか……そういう人を値踏みするような物言いをさっさとねじ伏せて「物を知らない半端者は他所に行きな！」と切って捨てるのが、恭明の生き甲斐だった。

　もちろん、それは売り上げに繋がらないのだが……人柄の悪評がネットに増えたところで、通販の売れ行きにさほど影響はなかった。主たる需要はネットユーザーで、顔を見て買い物をしないのだ。

　だからその日も恭明は、そういう対応をするつもりだった。半端に知識トークに乗ってこようものなら「ぼくはプロでございい」という知識と立場の攻撃で追い返してやろうと思っていた。

　ところが、露伴の反応は恭明が想像したものではなかった。

「そういう仕事なのかい？」

「…………はぁ？」

「マニアックな専門用語並べるのが君の仕事なのかい？　と……そう聞いているんだ」

露伴は、知識語りの土俵に乗ってはこなかった。

堂々たる態度で〈客〉としてそこに立っていた。

「店先から覗いただけでも、品揃えは本当に良い。プレーヤー、フォノイコ、ケーブル、アンプ、スピーカー……整頓されている。接客態度は頂けないが、田舎町まで来て寄り道した甲斐はあったって気はしてる……。で、僕は〈客〉で、君は〈店員〉だな……」

「はぁ？　そうですけど……？」

「分かっているなら、どうして客が来ても、真剣に商品を売ろうとしないんだ？　それとも用語並べて威圧すると給料入るシステムなのか？」

「……いえ、そーゆーことでは……ないんです、けどぉ――……」

恭明は、少したじろいだ。接客態度に文句をつけられることは珍しくなかったが、露伴の言葉には妙に、骨身に響くような感覚があった。怒鳴りつけるでもなく、文句をつけながらも自分に向き合うような、真っすぐなものが感じられた。

「フザけてんじゃあないぞ。金もらってんなら自分の仕事くらい自分で説明できるようにしとくんだな……ちなみに僕の仕事は〈漫画〉を描くことだが……」

「えっ、……漫画家、なんですか？」

「〈ピンクダークの少年〉という作品を読んだことがないなら、知らない名前だと思うけどな……おっと、読んでないからって編集部に電話するなよ」

「〈ピンクダークの少年〉ッ⁉　全巻持ってますよッ！　あなた岸辺露伴先生ッ⁉」

「そーだよ、お買い上げありがとう。で、実は……先日〈レッド・ツェッペリン登場〉の初回盤を譲ってもらった……今、描いているキャラクターが好んで聴くのも〈レッド・ツェッペリン〉……。〈BGM〉にしようと思ってさ」

「初回盤？　ひょっとして帯付きのッ？」

「高価なものをくれる知人がいないように見えるか？」

「……そんなこと言ってないけど……わざわざそれを聴くために、ウチで機材を？　漫画のキャラの趣味に合わせて？」

「レッド・ツェッペリンの大ファンであるキャラクターを、五千五百円のプレーヤーで聴く、その音の感動を元に描いて、生々しさがあると思うのか？」

「……はぁ……。いや……どォ——なんスかね……」

「例えば〈お茶の葉〉だ。別にポットのお湯で淹《い》れたって、味がすれば飲めるよな。でも一度湯を沸騰させて、カルキ臭さを抜いたお湯を何度か注ぎなおして温度を下げてから淹れると、旨味《うまみ》成分の〈テアニン〉が出て、〈お茶の葉〉は本来の味を発揮する……そういうことだ。やり方は人それぞれだろうが、〈体験の感動〉を、最大限楽しめるように努力する……それが味わう側の〈敬意〉ってモンだろ？」

「〈敬意〉…………ですか？」

「少なくとも、僕のキャラクターにとってはな。この〈Good Times Bad Times〉に、できるだけ良い環境で針を落としてやりたい……どーゆう機材で聴いてやれば、レッド・ツェッペリンの音に対して〈敬意を払った〉と言えるのか……機材のプロなら答えられるんじゃあないのか？　それとも、君は知識のある客に商品選びを任せないと物の売れない、クソの容れ物だったりするのか？」

「……」

それは恭明にとって、ショックな出来事だった。

それまでの恭明の価値観は、〈知識の多さ〉と〈使った金額〉と〈コレクションの充実〉であり、趣味であったはずのオーディオは、マニア同士の上下関係を決めるためのツールとなっていた。

恭明を訪ねてくる客もそういった輩《やから》が多かったから、「威張るならこのメーカーのこのグレードのアンプを使ってからにしてくれよ」というようなやりとりがあった。

それに対して、露伴の態度はひどく新鮮だった。

客としてはむしろ生意気というか、横暴とも言うべき物言いもしたのだが、その態度は音に対して真摯《しんし》であり、恭明にとって目の覚めるような出来事だった。

露伴の語る――〈体験そのものへの敬意〉。

それは文化にとって、とても根源的なものに感じられた。

果たして、自分は今まで〈音〉に対し、それほどピュアに向き合ってきただろうか。恭明は、今まで執着してきた多くのものが不純物であった気がした。

そんな恭明に、露伴は続けた。

「僕は〈漫画を描く〉ために必要なことには妥協しない……執筆を行うときの環境を整備するのも仕事のうちってことだ。仕事場に籠《こ》もって執筆する漫画家業ってものに〈BGM〉の力は非常に大きい。僕もそれなりのオーディオ環境を整えていたが……クソッ。ちょっとバカの相手してるうちに、不幸にも火事でダメになっちまってね……」

「……それは、お気の毒……」

「虫眼鏡の〈収れん火災〉ってヤツだ。太陽という大きな力への畏怖《いふ》が足りなかった、そういう教訓の事故だと思ってる……そういうわけで、新しいオーディオが必要になったんだ。〈レッド・ツェッペリン登場〉に籠められた情熱をペンに響かせ、音のエネルギーを籠める……そういう装置が欲しい。いいか、僕は気の長い方じゃあない。だが、いい仕事をする上で必要に迫られていて、この店ならそれが叶う見込みがあるから、こう丁寧に身の上話をしているんだ。脳みそにインプットしたか？」

「〈音のエネルギー〉…………」

「それでだ。君は僕に商品を売るのか、売らないのか。どっちだ?」

客にしては、相変わらずの尊大な物言いだった。

「マニアしか相手にしない店ってんなら、それでいいんだ。さっさとそう言ってほしい。門前払いもそれはそれで効率的だろう……漫画家の時間は貴重だからな」

だが、そんな露伴の態度に、恭明は感動を覚えていた。

岸辺露伴は、恭明から見ても一流の漫画家だった。その漫画には生命力があり、躍動感があり、描き文字で表現される擬音には、確かな〈音感〉があった。オーディオというツールが、そういう凄い漫画を生み出す原動力になっていることに、恭明はいちオーディオマニアとして、そしてオーディオ機器店員として、誇り高い気持ちになった。

「……売りたいです」

そして恭明はその日、初めて〈プロの仕事〉をしようと思った。

「ブランドや知識に頼ることなく、ただ良く〈音〉を聴こうという意志。きっと、そういうのが〈純粋〉なんだと思う……ぼくは貴方《あなた》に売りたい。良い音楽を聴いてほしい」

そこから、品選びには時間をかけた。

露伴の予算と好みに対し、恭明は可能な限り自分の知識を動員した。丁寧に商品を見繕《みつくろ》い、説明をし、機材一式の発送手続きを終え……売買を済ませた。

それからまるで子供のように純粋に、好きなバンドやなんかの話をして、夕日が山の向こうへ隠れていく頃に、露伴は帰路についた。

「〈伊坂恭明〉だったな……礼を言っとくよ。見立ては確かだった。いい機材が揃った……これで今描いているエピソードのクライマックスに力が入る。君が読者であるなら、そういう形で恩返しをするよ……。もう二、三日こっちで取材をしていくが……気が向いたらもう一度来るさ。そのときは携帯プレーヤーも見ようかな」

「……お買い上げ、あざしたァ――――ッ！」

それは恭明にとって初めて、客に物を売って、頭を下げるという体験であり――久方ぶりに、真摯にオーディオに向き合った体験でもあった。

そして伊坂恭明にとって、岸辺露伴は初めてにして唯一の、純粋な客だった。

濁り、腐っていた恭明の人生の転機は、確かにその日にあった。

そして恭明の、七年にわたる〈追求〉の旅が……後に、一つの町を滅ぼすことになる。

話は七年後の春から始まる。

二十七歳の岸辺露伴は、未だ漫画という道の〈追求〉を続けていた。

しかし、人間のリソースには限りがある。人という器の受け止められる容量は〈無限〉ではない。これは大事なことだ。一分野を突き詰めて極めようとする行為は、逆に生き方から〈器用さ〉を奪っていく。だからなのか……特に芸術家や作家には、偏屈な人間が大勢いる。誰とは言わないが、いる。

そういうわけで、作家の担当編集に向く人柄は、二種に大別される。

細かなことに気がつき、コミュニケーション能力に秀でた者。

もしくはストレスに負けない、ある意味〈図太い〉と言われるような者。

言い換えれば器用か、タフであるかだ。

四月。杜王町《もりおうちょう》の〈カフェ・ドゥ・マゴ〉で打ち合わせがあった。定番の場所だ。その年の桜の開花は早かったから、春の空気も少し旬を過ぎ、早すぎる夏の気配が混じるような、少し暑い日だった。

その日、初めて直《じか》に顔を合わせた女性編集者は、おそらくは〈図太い〉タイプの人柄だろうと、露伴の目にはそう映った。

「――今、〈読み切り〉描けって言ったか？　既に描く予定のものとは別に？」

誰が聞いたって、露伴の声は不機嫌そうだった。

目の前の編集者は、カエルの面に水というべきか、さほどこたえた様子もなく、笑顔で頷《うなず》いてみせた。

「はい。本誌じゃあなくって、記念増刊号で……やっぱり露伴先生の漫画が載ってると、魅力あるかなぁ～～って。編集部としては、できれば夏の終わりくらいに一本、上げてくれるカンジだと嬉しいんですけどォ」

「……君……今日、何の用事で来たんだっけ？」

「以前からお願いしていた短編の打ち合わせです。夏に出す〈画集〉に掲載するための……」

「……。……だよねぇぇ～～……覚えてんの僕だけかと思ったよ」

そちらの打ち合わせも、まだ始めてすらいなかったのだが――。

「でもぉ……それはそれなんですよ。別件でお願いしたいなァ～～って。先生、最近〈破産〉したって伺ったので……お力になれるんじゃないかって」

「待て。……いちおう聞いておきたい。まさか善意で言っているつもりなのか？〈今、貧乏で苦労してるでしょうから、よかったらお仕事どうぞ〉って……そういうことか？」

「露伴先生でも、ペース的に難しそうですかぁ？」

「僕ができないわけないいだろうッ！」

そもそも、露伴にとって漫画を描くのが嫌なわけはない。タイトなスケジュールを差し込まれたところで、間に合わないわけもない。そんじょそこらの漫画家ではなく、岸辺露伴なのだ。

「だが、仕事を頼む態度が気に食わない、ってのは別問題だからな……」

例えば一般的な編集者なら、人気連載持ちの作家に読み切りを依頼するというだけで、冷や汗かきながら、菓子折りの一つでも持って頭を下げにくるものだ。それに対し、彼女の態度はあまりに漫画家を舐めているように見えた。

他にも言えば、打ち合わせの場で別の仕事の話を持ち出すとか、破産していることへの言及だとか、態度とか、口調とか、座り方とか、髪型とか顔とかアヒル口とか、枚挙に暇《いとま》はないが……とにかく、その編集者は癪《しゃく》に障《さわ》る部分が多すぎた。

だがそういうキャラクター性はある意味、彼女の編集者としての適性かもしれない。そうとでも思っておかないと、この先の会話が〈もたない〉と露伴は感じていた。

「君、なんだったかな……名前」

「泉《いずみ》です。泉京香《きょうか》。名刺お渡ししませんでしたっけ？」

「そうだっけね。不躾《ぶしつけ》な質問だが、よく漫画家怒らせるって言われないか？」

「あ〜〜。でも、私、ほら♡　……前向きが取り柄なので、平気ですゥ♡」

「あ、そう。お仕事楽しそうでよかったねぇぇ――――っ」

露伴はもう、さっさと打ち合わせを終わらせたくなっていた。三十分で終わりそうな打ち合わせを、場を和《なご》ませようと話を脱線させて一時間、二時間と引き延ばす編集者は珍しくないが、この相手にそれをされたら流石に軽くキレるかもしれなかった。

しかし京香は、さっそく話を脱線させた。

「ところで先生。打ち合わせの前に、チョッとお話いいですか?」

「あのねェェ〜〜〜〜〜〜〜〜〜ッ」

露伴は一旦キレておいた。

「いいか? 打ち合わせの前にチョッと話していいことなんてないからな。いるよねェェ〜〜……漫画家との距離感を縮めるために、世間話とか近況とかを話すような奴。……言っとくが、仕事以外の話は全部〈不純物〉だ。僕だからまだいいが、仕事の遅い漫画家は、一粒の砂金よりも一秒の時間に価値を感じる……そーゆうもんだ。一秒早く打ち合わせが片づけば、一秒他のことをする余裕ができる。ガキでも計算できる」

「あ――、締め切りまでは余裕あった方がいいですよねぇ〜〜」

「分かったら手短に済ませてくれるかな……この後〈用事〉があるんだ」

「何の〈用事〉ですか?」

「後で考えとく」

「あ、そーですかぁ」

雑な対応に慣れているのか、単に何も考えていないのか。京香はさほど気にした様子もなく返事した。露伴はその態度に、フン、と鼻を鳴らした。

「実は、編集部に先生宛てのお手紙が来てて……ファンレターとかじゃあないんですけど、一応お渡ししておこうと思って」

そう言って、京香は小さなクリアファイルに挟んだハガキを取り出し、露伴の方へと差し出した。

「僕宛てに?」

露伴はそのハガキを受け取り、まじまじと見つめた。〈サカモチレコード〉という店名が、筆文字めいたフォントで大きく書いてあった。

「……〈宣伝ハガキ〉じゃあないか。〈オーディオ機器店〉の」

「はい。露伴先生、仕事場引き払っちゃったじゃあないですかぁ。だからウチに届いたのかな、って」

「確かにそうだが……ふつう、わざわざこんなもの、編集部を経由してまで届けようとするか? そんなに宣伝したいのか?」

「ですよねぇ——。なので、一応お見せしに来たんです。露伴先生、そのお店、使ったことあるんですか? 西日本のT県まで、わざわざオーディオ買いに?」

「フン、根掘り葉掘り聞く取材癖でもついてるのか? ……もう七年は前だけどな……別件の取材で訪れたときに、レコードプレーヤー買ったんだ」

「先生って、漫画描くとき以外ずっと取材してそうですねぇ〜〜」

「悪いか? マニアにも好評の店ってんで訪ねたんだ。品揃えは良かったし、店主とはちょっと話し込んだりもしたな……まあ破産して売っちまったんだが、あれも取材のためだったからな……」

「へぇ。でも〈この地域〉でまだ続いてるなんて、よっぽど人気のお店なんでしょうか」

「〈この地域〉?」

その何げない一言に、露伴は片眉を上げげた。

「何かあるのかい? 〈この地域〉……〈T県の坂持〉に?」

聞かれて、京香の方は両眉を上げげた。「こういう表情、釣り堀で見たことあるな」と微かに露伴が思ったときには、話が始まっていた。

「実は、私も編集部までこんなの届くの変だと思って、調べたりして……経済紙のライターさんから聞いたんですけど……最近、この地域だけ急に〈過疎化〉してるらしいんですよ。ものすごく急だって……人口で言うなら殆ど0人になりそうだって……この差出先の住所って、その地域のど真ん中のはずですけど」

「ちょっと待て」

露伴はスマホを取り出すと、ハガキの住所と周辺のニュースについて調べた。田舎町の過疎という話題、扱いは小さいが、確かにちらほらとそういう記事がある。

マップを開いて、その地域の店舗やアパートを調べると、あらかた〈廃業〉の文字が出る。そういう潰れた店々の中に、ハガキを出したオーディオ機器店だけが、離れ小島のように、ぽつんと営業を続けている。

これは確かに、何か違和感を覚える状況だった。

「……本当みたいだな。もう〈消滅集落〉一歩手前ってヤツじゃあないか」

「噂によると……近年、このあたりで、地主である〈伊坂家〉の要請で、大規模な〈立ち退き〉があったみたいです」

「〈伊坂家〉……〈立ち退き〉？　こんなに広い範囲をか？　こんなとこにレジャー施設か、大型ショッピングモールでも建てる予定があるのか？」

「いえ、全然そんな予定はなくって……この土地に、そーゆー立地的強みがあるカンジでもなくって……〈ただ単に立ち退き〉されているみたいで。このオーディオ機器店を除いて」

「…………」

さて、いよいよ奇妙な話になってきた。と、露伴は感じていた。

町の変化というのは、たいてい必然性があるものだ。

それが特に意味なく理由なく、しかも人為的に住民が追い出されている。そういう事実は、原因は分からないにせよ、何かただならぬ事態がその地域で起こっていることを示していた。

「……何年か前に、ワイオミングでもあったな。小さな町から人が消えた事件。ネットなんかではけっこう騒がれて、確か、見つかった人は皆、発狂していたんだ。宇宙から電波受信したんじゃあないか、とか……NASAの陰謀論になったヤツ」

「ちょっとそれは聞いたことないですけど……」

「そーゆーのと繋がってたりすると、面白い話なんだけどなああ〜〜〜〜」

露伴は改めてハガキをしげしげと眺めた。何か、ペイントソフトに最初からあるフォーマットを張りつけたような、古臭いレイアウトのハガキ。その下の方に、パソコンで打ち込まれた数行の文字があった。それもたぶん、宛名ソフトに最初から入っているような定型文だろうと思って、最初は読み飛ばしていたのだが……。

「……これは……」

「どうしたんですか、先生？」

興味があるんだかないんだか曖昧な声で、アイスティーをストローで一口すすってから、京香が尋ねる。

しかしそういう京香の態度も、そのときの露伴はさほど気にすることはなくなっていた。

「これ、よく見たら〈宣伝〉じゃあないぞ。〈招待状〉だ」

「どうやら、そうらしいんですよ」

「知ってんなら先に言ってほしいなぁぁ〜〜……日時まできっちり指定してある。一週間後の、午後四時。……何かあるのか？」

「一週間後の午後四時頃って……」

今度は京香がスマホを取り出し、調べ物を始める。掌《てのひら》サイズの小さな板で、情報を参照できる時代の利便性を感じずにはいられない。

けれどそんな時代でも、己の脚で赴《おもむ》いて、見て、聴いて、体験しなければ分からないものは──確かに、ある。

「ほら、予報の日なんですよ、〈日食〉の。この日は二十五年ぶりの〈金環日食〉」

「〈日食〉ゥ～～？　まさか〈天体観測の招待〉でもないだろう？　オーディオ機器店から。というかさぁ……ねえ。君、何か……〈周到〉じゃあないか？　随分……このハガキが妙だったとはいえ……調べてきてるよねぇ、色々さぁ……」

「私、こう見えてけっこう露伴先生のこと尊敬しててぇ～～」

「へぇ──！　気づかなかったよ」

「編集部としては、売れっ子ですからもちろん大事にしてるんですけど……正直困った人だって思うのも確かで。気難しいし、オレ様だし、ヘアバンドだし……」

「実は喧嘩売ってんのか？」

「私、別に〈漫画編集者〉になりたかったわけじゃあないんですよ。もともとファッション誌希望だったし……。でも、お仕事ですから、自分がどういう仕事したらお給料もらえるのか、っていうのは分かってるつもりで……結局〈編集者〉って、〈面白いもの〉で誌面埋めないといけないお仕事なんですよ。露伴先生って、〈描きたいこと〉描いてくれたら、〈面白いもの〉にしてくれる漫画家だってことは、私でも分かってるんです。じゃあ私の仕事って、とにかく先生に〈描きたいこと〉を持ってくることじゃないかなあ、って……」

「……それで？」

「どうですか、先生。これ……〈描きたいこと〉に出会えそうな気がしませんか。編集部には〈掲載〉の準備があります」

「……口の利き方だけは、社員教育とか受け直してきてほしかったね」

彼女の描いた絵図通りに進むのが癪に障るのは確かで、彼女が失礼なのも確かで、そういう態度に対して、きっぱりと〈ＮＯ〉と言ってやりたい気持ちも確かにある。

けれど、なるほど。泉京香という女性はしっかりと漫画編集者らしい。描かせたいという、編集者の性《さが》。描きたいという、漫画家の性。抗《あらが》いがたいその生き様を繋ぐ、〈ネタ〉の香りがその場にあるのは、間違いない。

そして、悲しい哉《かな》……漫画家という生き物は、穀物よりも酸素よりも、ときには神や悪魔に縋《すが》りたくなるほど、いつだって面白い〈ネタ〉を求める生き物だ。描くことが生きることなら、アイデアは星の数ほどあっても足りない。

ムカつこうが、気に食わなかろうが、そこにある〈面白い〉には、抗えない。

「煽《あお》ったからには、出るんだろ。取材費。編集部から。僕、〈破産〉してるからね」

「出させます」

その返事の仕方だけはそこそこ気に入ったので——一週間後、露伴は取材旅行の予定を入れることになった。


快適な新幹線と、シートのほつれが放置されたままの在来線を乗り継いで、露伴と京香が招待状の案内先へとやってきたのは、ねっとりと肌を舐めていくような、生ぬるい風の吹く日だった。

〈昼子町《ひるこまち》〉は、T県にある山間《やまあい》の小さな町。

杜王町に比べれば、温暖な気候。晴れた日差しの熱を強く感じる。人口は一万人を切っていて、減少に歯止めが利かない。現在は近隣地域との合併計画が進み、二年後には地図から消える予定となっている。

駅から出て、街の西側へ向かって大きな道なりに歩いていくと……今回の目的である〈坂持〉と呼ばれる地域へ行き着いた。

名前の通りというべきか、坂持地区には上ったり下ったりの坂が多く、うねった狭い路地には瓦葺《かわらぶ》きの住居と、古い漆喰《しっくい》壁の小さな店舗が並んでいて、それぞれの建物を仕切る〈木塀〉が入り組んだ迷路のような道を作っている。その上を、あまり整理されていない〈電線〉が、あみだくじのように走っている。

どこか、昭和の時代に時を止めてしまったような風景。

それでも古い街並みには、看板だけが新しい床屋だとか、左官屋が直したばかりのブロック塀だとか、つい最近まで人の過ごしていた気配や暖かさの名残《なごり》が、まだそこかしこにある。その残り香のような生活の空気も、山の方から吹くぬるい風に流されて、刻一刻と、文字通り風化していくようだった。

「前に来たときも、決して活気のある町じゃあなかったが……流石にここまで静かじゃあなかったな……」

「駅から出て川を渡ると、はっきり人の気配が消えましたもんねぇ」

「まさに〈滅びゆく町〉の風景ってヤツか……」

二人の言う通り、町にはなんの音もしなかった。

まるで〈坂持〉という街並みを残して、生命だけが忽然《こつぜん》と消滅してしまったような、歪《いびつ》な静寂があって、消えゆく町にしても、急な変化があったことが感じられた。

「……なあ、あれ。あの家の庭、洗濯物が放置されている。蹴倒《けたお》したような桶《おけ》も転がってて……なんだか、急いで夜逃げでもしたような雰囲気じゃあないか?」

「ほんとだぁ〜〜……お店もシャッターの隙間から見えましたけど、商品とか残ってるみたい……急に人口が減った、って聞いてはいたけど、これ……いくらなんでも、雰囲気おかしいと思います」

「おかしいね。いくらなんでも静かすぎる。マジであたり一面、僕ら以外は誰もいないみたいだ。全員、こんな調子でここから出ていった…………いや、追い出されたのか？」

首をひねりながら、足を進める。

舗装路を行く足音は、露伴と京香の二人分だけ。他の音は聞こえない。

「え、うそッ」

スマホを弄《いじ》っていた京香が、声を上げた。

「どうした？」

「ここ〈圏外〉ッ！　今どきありえますぅ？　この時代に。町中ですよォ？」

「〈圏外〉ッ？　……人が居ないから基地局が撤退した、とかか？　それはないね」

「それはないと思いますけどねぇ〜〜……あと、こんなに電線だらけなのに、人どころかカラスの一匹も居ないの、おかしくありません？　人間が居なくなったら、動物が住み着きそうですけど」

「カラスはともかく、〈猫〉は居《い》たみたいだけどな」

「どうして分かるんですか？」

「ほら、アレだ。ああ…………いいや、薄目で見ろよ。一応、忠告はしたから」

「アレって……。……うぉぁああああああああああああっ！」

露伴に促され、視線の先を追った京香の目に飛び込んできたのは、〈猫〉らしきものの死骸だった。口からは干からびた吐しゃ物を吐き出していて、それは毒殺だとか、人為的な殺害によるもののように見えた。

「ひどぉい……。なに？　一体、誰がこんなこと……！」

「さあな。だが、動物が寄りつかないってのは、何か本能的に危険を感じるものがここにある……とか。あるいは、居《い》る……とか、そういうことかもしれないぜ」

「なんですか、危険って。アバウトな脅かし方やめてくれますぅ……？」

「ム！　ちょっと待て」

「今度は何なんですか！」

「静かにッ！　……何か聞こえてこないか？　ほら、路地の向こうだよ……」

露伴に言われ、京香も口を噤《つぐ》み、耳を澄ました。

すると確かに遠くから、何か音が聞こえてくる。

最初は人の声かと思ったが、次第にそれは〈音楽〉であることが分かってきた。ドン、ドン、叩くような低音と、シャカシャカとメロディになっている音が混じっている。

「ほんとだ……〈音楽〉！　これ〈音楽〉ですよ先生！　ギターの音、ドラムの音も！」

クリアに響いてくる……屋外なのに、ハッキリ聴こえる！」

「〈キングス・オブ・レオン〉っぽいイントロだったけど……ちょっと違うな。もっとエレクトロっていうか……でも良い音出してるぞ……」

「なにのなんですって？」

「たまには邦楽オリコンチャート以外の曲も聴いとくんだな……広いジャンルの話題に乗れないと、漫画家の担当なんてやってられないんじゃあないか？」

「音楽なんて趣味じゃあないですかぁ～～～～。……でも、この曲はスゴく響く……お腹から尾てい骨の方に音が突き抜けていくカンジで、踊り出したくなってきちゃう……私、これけっこう好きかもしれません。先生なら、誰の曲か分かります？」

「いや、知らない。ゼンゼン初耳のヤツだ」

「人のこと叱っておいてぇぇ～～……だから先生って〈オレ様〉……」

「ノンキ言ってるが、地元のヤンキーがカーステレオをガンガンかけながら迷い込んだかもしれないんだぜ。猫殺したのも、そいつらかもな……」

「えぇぇえーッ！　ヤンキーなんてイヤですよォ～～……それって女の私の方が、きっと危ない目に遭うじゃあないですか～～……露伴先生って細いし、喧嘩上等って感じでもないし、絶対かなわないですよォ～～……」

「田舎のヤンキーってのは、人気《ひとけ》のないとこを好んでたむろするからな……で、今どきバットなんか持ってたりするんだ。車で来ているなら、狭い路地選んで逃げるしかない」

「だからアバウトに脅かさないでくださいよ、先生ェェ〜〜〜〜！」

などとやりとりをしているうちに、だんだんと音が近づいてくる。

やがてはっきりと曲の歌詞すら聴きとれそうになって、露伴は「えらく良いスピーカー使ってるな」と考えたりしていた。

すっかりゴーストタウンと化した坂持の町。

そこに響く大音量の音楽は、それ自体が何か異物のようだ。

もともと幽霊でも出そうな雰囲気はあったが、こういう場所で遭遇するのは、〈生きた人間〉の方が怖いと相場が決まっているものだ。

しかし——本当にヤンキー集団だったら、拍子抜けだな。怯《おび》える京香に対して、露伴はそういうことを考えていた。露伴としては強面《こわもて》の男が何人も現れるより、せっかくの遠方への取材が空振りに終わり、小うるさい編集と二人旅行しただけになる方が、幾分か怖い話だった。

京香は京香で、露伴が脅かすものだから、人相の悪い男が見えたらすぐに逃げようと思っていた。しかし露伴をどう逃がそうか迷った。漫画家を連れて取材旅行に来て、漫画家を置いて逃げては原稿に繋げてもらえない。悩みどころだった。

しかし身構えているときほど、予想通りのものは現れないものだ。

猫をも殺す、カラスも逃げる、坂持異変の中心的存在は……町の静けさに対して、反比例するようなけたたましい音楽と共に、近づいていた。

そしてそれは、姿を見せた。

背の高い塀の陰から、散歩でもするように現れた。

露伴は一瞬、思考を止めた。


「……………………なんだ？　〈これ〉は…………」


露伴の目に映ったのは、幽霊でも、人間でもなかった。

〈それ〉は、〈怪物〉だった。

「――いやァァあああああああああああああっ！」

京香が悲鳴を上げた。無理もなかった。

一言で言えば、その姿は〈異形《いぎょう》〉だった。

人の形を芯にして機械が寄生したような、歪な何かだった。或いは、機械が人型に組み合わさったようにも見えた。

最も不気味だったのは、その顔だった。

〈怪物〉の頭は妙に大きく――そして、顔がなかった。

いや、正確に言えば……人間の顔の形をしていなかった。人の頭部の代わりに、大きな〈サイレン〉がくっついているようで……顔と思わしき部分は、大型のスピーカーに覆われて、目も鼻も分からなくなっていた。

他はほぼ〈全裸〉だったが、手脚と思われる部位には〈ケーブル〉が螺旋《らせん》状に巻きついて、縫うように肌に刺さっており、掌にはヘッドホンの耳当てのようなパーツがついていた。壊死《えし》しているのか、肌はまだらに紫色だった。それはどうやら〈レコードプレーヤー〉と〈バッテリー〉を重ねた箱だった。とにかく、音響機器の人型をした集合体だった。

つまり……それは〈オーディオ人間〉と呼べるような存在だったのだ。

「ああああああああああああああああ――――ッ！」

京香の悲鳴は止まらなかった。殆ど錯乱状態と言ってよかった。

「なに、なんなのッ！　こいつッ！　先生ェッ！　なんなのよォォ――――――！」

「僕だって分かるかッ！　……〈スタンド〉!?　いや、こいつ……違うぞッ！　こいつは〈実体〉だッ！　〈影〉があるし、彼女にも見えている……！」

「ヒィイイッ！　やぁああああああっ！　うぁぁぁああああアアアアア！」

「おい……待てッ！　一人で走るんじゃあないッ！」

限界が来たのか、京香は逃走を始めた。その人体と無機物が歪に溶け合ったような異形の姿は、常人の精神が耐えうるものではなかった。

しかし、少し坂になっていた地面でとっさに走りだして足がもつれ、その場に転倒してしまった。

「きゃあああああああああっ！　いやあっ！　やあああああああああああっ！」

無理からぬことだが、転んでも相変わらず京香は喧《やかま》しいほどに悲鳴を上げていて、〈怪物〉はそちらを向いた。

急に音楽が止まり、代わりに声がした。


『〈ノイズ〉が居る』


肉声の響きではなかった。

まるで歌唱ソフトのような、合成音声を繋いだような無機質な声だったが……確かに、〈怪物〉のスピーカーからは、そういう言葉が聴こえた。

しかし冷静な、知性を感じられるトーンではあった。道端に落ちているゴミでも見つけた、そんな調子であったのが、逆に恐ろしかった。明確な意思が宿っていた。

――マズい。

露伴がそう思ったときには、〈怪物〉は京香の方へと、手を伸ばしていた。

「うぐッ！」

とてもスムーズな動きだった。何の迷いもためらいもなく、銅線でぐるぐる巻きにされたその腕が、京香の喉笛《のどぶえ》を摑《つか》んでいた。

「ぐっ……ぐっ……おっぐ……ぐ、ぐぐぐっ……露伴センセッ……露ハ………」

怪物は、摑み、絞り、絞めた。さほど怪力というわけでもないのだろう。ただ、躊躇《ちゆうちよ》がなかった。京香は必死に抵抗しようと、怪物の手を押さえようとした。

「何をしているんだ貴様ァァ――――――――――ッ！」

とっさに、露伴も京香を助けに入ろうとした。その右手は既に〈ヘブンズ・ドアー〉を使用するつもりで振り上げていた。

しかし、次の瞬間。

「露ハァァァァァァァアアアアアアアアアアアアアアアアアアアンッ♬」

突然、京香が歌いだした。

あんまり唐突なので、露伴は攻撃を咄嗟に中断してしまったし……ずっと聴いていたくなるような、ゴキゲンな歌声だった。

いや、正確には、それは京香が歌っているわけではなかった。京香の声でもなかった。

それどころか、聞こえているのは声だけではなかった。

ドラムのような低音と、主旋律を奏《かな》でるギターのメロディも響いていた。

その喉から流れ出しているのは、先ほどの楽曲そのものだった。

「――〈ジャァァアアアアアアアアアアアアン〉――♪」

「なんだァアア――――――ッ!?」

耳をつんざくような音量で、京香の口がメロディを奏でた。

それにつれて、変化が起きた。戸惑う露伴の前で、次第に京香の胸が、細い腕が、電気信号でも流されたように、リズムに合わせてビクビクと跳ね始めた。

肩を上げ下げし、腕を振り、足はステップを踏んだ。その動きは、口で奏でているリズムとメロディにしっかり対応しているように見えた。

「――〈ドゥンッドゥンッ〉――露伴先生♪　〈ドッドッタッ〉――先生ッ♪」

「……泉くん？　それ…………なんだ……？　……どういう状態なんだ？」

「――〈ウィンウィンッ〉――止まらないッ♪　――〈ウィンウィンッ〉――止まらないッ♪　――〈ウィンウィンドンツタドンドンッタッ〉――でも気持ちいいのォォッ♪」

しかし、目の前で起きている状況があまりにも意味不明すぎて、そのメロディが心地良すぎて、露伴はとりあえず〈観察〉してしまった。

それが明確な〈危機〉であれば、それなりに対応できただろう。

だが起きていることの理由や意味が明確でないほど、人間は戸惑う。戸惑いは疑問を生み、好奇心を刺激する。それらが露伴を、状況の観察に専念させた。

それに……その音楽は心地良かった。

危機だと認識するには、その音は、永遠に聴き続けたくなるほどに、人間の悦《よろこ》びを掻《か》き立《た》てるものだった。分かりやすい暴力行為と違って、防衛本能が働かない。そういう事態に、露伴もすっかり混乱していた。

ただ、なぜ京香の口から音楽が流れてくるのかは、少し分かってきた。

〈怪物〉の掌には、〈ヘッドホン〉のスピーカー部分らしき装置がついていた。それが強く強く、京香の喉に食い込むほど押し当てられていた。

おそらくは、そこから音楽を響かせ……京香の頭蓋そのものに反響させて、彼女の口腔《こうくう》をさらに増幅器として使っているようだった。

だから京香の頭や体の中は、露伴が聞いている数十倍の臨場感で、メロディに満たされているのだろう。思わず、体がリズムに合わせて踊りだしてしまうほどに。

次第に京香の反応は鋭くなり、メロディも盛り上がっていった。

「──〈ディィロディィロディィロディィロ〉──止めてェ──♪──〈ドゥンドゥンドゥンドゥン〉──♬──先生ェ〜〜──〈ドッドッタタタドッツッタッ〉──♬」

腕を力強く振り、腰をセクシーにくねらせていた。

京香は振り乱した髪を悩ましげに撫《な》でつけ、力強く響くドラムのリズムに合わせ、本能の奥から湧き出るようなステップを踏んでみせた。

急にクラブにでも迷い込んだような、シュールな光景が繰り広げられていた。

「……なんだ？　この状況で……踊ってるのか？　音楽に合わせて……？　音に反応してクネクネ動くオモチャみたいに……？」

「――踊っちゃってますぅ――――――♪　――〈ヴィィィイイイン〉――♬」

「ハ、ハ、ハ、ハリノリじゃあないかッ！」

わけが分からなかった。

そのとき、声に反応したのか――〈怪物〉の首がぐるん、と露伴の方を向いた。

今、ようやく露伴に気づいた、というような仕草だったが、とにかく、今まで京香にかかりきりだった〈怪物〉に、露伴はその瞬間、認識されてしまった。

次は、こちらに手を伸ばしてくるのか。

霞《かすみ》のかかったような頭の奥で、露伴がそう考えたとき――。

『露伴先生じゃあないですか』

怪物から、声がした。

「………なに？」

その台詞があまりに気さくで、露伴はいっそう混乱し、微かに嫌な予感がした。

相変わらず、京香の首を絞めながら、〈怪物〉はまるで、道端で旧来の友人と出会ったような調子で、そう言った。

何もかもが歪で、目の前の光景がちぐはぐで、露伴はしばし思考を固まらせた。

『この〈ノイズ〉、露伴先生の荷物ですか』

「〈ノイズ〉……？」

〈怪物〉は苦しむ京香を捕らえたまま、会話を続けた。

『もしかして、恋人とか……だったら、すみません。できれば帰らせるか、ずっと黙らせるか、してくれませんか。……たぶん、そうじゃあないと、〈これ〉死にますが』

「なんだって⁉」

露伴は京香へ視線を移した。

相変わらず、ゴキゲンに踊り続けている。その様子はノリのいい音楽に浸《ひた》って、明らかに快感を感じているようだった。

しかし、ようやく、京香がどういう状態なのかに気がついた。

「――〈シャカドゥンッドゥンッ〉――ゲッ……♪　――〈シャカドゥンッドゥンッ〉

――ぐ……えっ、お、ごッ……――♬」

「……これは……⁉」

〈怪物〉の手は、京香の喉笛に食い込み続けていた。

気道を塞《ふさ》がれ呼吸ができていないようで、顔は酸欠で紫色に染まりだしていた。

……ゾッとした。

危機感がまったく機能していなかったことに気づいたとき露伴の背に急激に大量の汗がにじみ、凍えるような悪寒を覚えた。

やはりそれは〈攻撃〉だった。

「……あ……あんまりバカバカしい光景すぎて、ぜんぜん警戒できなかった……！　分からないまま、楽しくユカイに泉くんを見殺しにするとこだった……！」

目の前で、京香はずっと暴力にさらされ続けていたのだ。なのに、露伴も、そして、その暴力を直接受けている京香自身も、危害を加えられていると思っていなかった。

苦痛や恐怖を、まったく感じていなかったのだ。

「いや、というより……気持ち良かったんだ。〈あの音〉を聴き続けるのがッ！」

先ほどまで京香の体に流し込まれていた音楽は、言うなれば麻酔のような働きをし続けていたのだろう。

怖いと思えないこと。

それは途方もなく、タチの悪い異常だった。

『どうしますか、露伴先生？』

〈怪物〉は、異形の頭を傾げて見せた。

『耳障りなんですよ、〈これ〉の声……今だってせっかくの〈いい音〉の合間に悲鳴を混ぜて、〈ノイズ〉になっている……この土地に邪魔な音はあってほしくない。〈これ〉どうにかしてくれないと、ここで処理しますけど』

「待てッ！」

もう、危機感は正しく機能していた。

「………確認する。黙らせればいいんだな………？　……彼女を、静かにさせればいいんだな……？　その条件は呑む。……だから、手を放してやってくれ……」

『……もちろん……いいですよ。こういうことをするために、呼んだんじゃあない』

怪物の陰になるように京香へ近づき、〈ヘブンズ・ドアー〉で「三時間静かに気絶していろ」と命令を書き込むと、京香は糸の切れた人形のように動きを止めた。それで、京香がすっかり静かになったと確認すると、〈怪物〉も攻撃するのをやめ、彼女を解放した。

露伴がそうしたのは、〈怪物〉に意思の疎通と、こちらへの〈警告〉が行える、明確な知性が感じられたからだ。

もともと招待状を貰ったのは、露伴だけだ。

京香は言うなれば、〈招かれざる客〉だった。

おそらくこの〈怪物〉と〈坂持〉という土地に何かのルールが存在するとすれば、それを破った落ち度はあるかもしれない……そう判断した。

しばし、露伴は真っすぐに、〈怪物〉と向き合った。

お互いが黙れば、町はまったくの静寂だった。よく晴れた春空の下、静かな町の中で、人と〈怪物〉が向かい合うのは、正気を失うような光景だった。

露伴はじっくりと、顔のない頭を――スピーカーの奥を見つめた。

生き物と向き合うときに感じる視線の気配を、何も感じない。〈怪物〉は視覚を頼りに物を見ているのではない、と思った。視線のぶつからない相手と向き合うのは、伽藍《がらん》を覗き込むようで居心地が悪かった。

人の親しみが残る町に、その異形はあまりに奇妙な存在だったが、不思議と風景から浮いた感じはしなかった。〈坂持〉の町を走る無数の電線を背景にすれば、怪物は一枚の絵のように町に溶け込んでいた。或いは、まるで一揃いの〈装置〉のようにも見えた。

やがて意を決し、露伴の方から口を開いた。

「……君は……〈伊坂恭明〉なのか？」

『はい。お久しぶりです、露伴先生』

――ああ、やはりそうだったか。

そういう納得と共に、露伴には絶望もあった。

記憶の中では、彼は頼りない若い店員であったが、このような異形ではなかった。何か、取り返しのつかない、不可逆の変化があったのだと分かってしまった。

外見も声も存在も、何もかも変わり果てたその姿で、〈怪物〉――〈伊坂恭明〉は、露伴を町の奥へと誘って歩きだした。


『実際……露伴先生と出会った七年前の秋…………ぼくはあのときまで、本当に〈ピュアな音〉と向き合ってはいなかったと思うんです』

恭明に連れられて、進む道中。

そう語る恭明の言葉には、まだ理性が感じられた。

『何も〈純粋〉じゃあなかった』

相変わらず合成音声で発せられる声と、道を歩くその姿だけが歪だった。

どういう仕組みなのか、恭明の体は、歩くときには一切の足音を立てなかった。ただ、足取りは非常に重そうで、ゆっくり歩いていた。そんな外観の異形さに対し、京香が襲われたことを忘れてしまいそうなほど、静かで平和な道程だった。

しかし長閑《のどか》さすら感じる静寂の街中で、人のいない道を、異形の怪物の案内で歩いていくのは、黄泉路《よみじ》を旅するような気分だった。ダンテの〈神曲〉の一篇か、はたまた〈ハーメルンの笛吹き男〉か。いずれにせよ……現世《うつしよ》ならざる世界への招待を受けているのだと、そういう感覚は失せなかった。

かつて露伴が会話をした恭明は、単なる青年だった。

少しばかり偏屈で、甘ったれで、しかし音響機材の知識には見どころがある、そんな普通の青年だった。

それが果たしてなぜ、こうも変貌したのか。

状況は間違いなく危険だと思えたが、正直、露伴は興味を隠せなかった。

「……七年間でひどく人相が変わったな……正直言って、一目ではぜんぜん気づかなかった。マジで人間だと思わなかった。……いい意味ではなくな……」

『露伴先生は変わりませんね』

「バケモノになった奴から見れば、そうなんだろ……」

軽く喧嘩を売ってみるような調子で、露伴はそう言った。

先ほどの教訓を生かし、警戒心は強く保ち続けていた。もし攻撃が行われたら、即座に〈ヘブンズ・ドアー〉を使用できるよう身構えてもいた。しかし恭明は、特に気分を害した様子も見せず、話を続けていた。

『七年前…………あの日から、ぼくは少しずつ生まれ変わったんです』

「少しずつゥ？」

露伴の目には、少しずつで変われるような姿には、とても思えなかった。

『あの頃のぼくは、まったく真摯じゃあなかった。何に対しても敬意を払わず、適当に過ごしていた……貴方にレコードプレーヤーを売ったとき、ぼくは初めて、何かに真摯に向き合うということの喜びを知った。それまで、本当に何もなかったんです』

「……」

『何か一つくらい〈追求〉したかった。ぼくはあれで〈オーディオのプロフェッショナル〉になることを決意したんです』

「……僕がきっかけだって言いたいのか？　あの日のちょっとした文句が………あのやりとりだけで、そこまで行っちまうものか？」

『露伴先生は〈ピュア・オーディオ〉という言葉を知ってますか？』

「知識くらいはな……マニアがやる、音質を良くしようって考え方の一つだろ？」

『〈ピュア・オーディオ〉の哲学とはその名の通り………〈純粋〉でなければならない。その究極の目的は〈ノイズ〉の完全な除去にある。ぼくはそう思います』

「〈ノイズ〉………」

露伴は、京香を襲ったときの恭明の言葉を思い出した。

恭明は京香のことを〈ノイズ〉と呼んでいた。

『ぼくの店の奥には、趣味で作ったオーディオルームがあります。最初、ぼくはその部屋の掃除から始めました』

「ああ。部屋に物が多いと、音の反響を乱すからな……僕も本棚やサイドボードの配置なんか、けっこー悩んだりとかしたな……」

『音を響かせるのに邪魔なもの、抵抗になるものは、とことんなくしてゆく。それが〈ピュア・オーディオ〉です。部屋の片づけの次は、機材のクリーニングを……ケーブルの汚れやプレーヤーのホコリとりを始めました。……ところが、服を着ているとどうしてもホコリや糸くずが落ちて、うまく行かなかった。作業が深夜一時を回ったあたりで、ぼくは意を決して全裸になりました』

「……？　……おい……なんの話が始まったんだ？　フルチンオーディオ掃除の苦労話って、どーゆー反応求められてるものなんだ？」

『全裸になったのが良かった』

少し、話の空気が変わった。

『ぼくは全てのクリーニングを終え、一曲、レコードをかけました。服を着るのも忘れたまま……。……最高だった。オスのところに響いた。いい、いい、いい、いい』

「だから妙な性癖の暴露は聞きたかぁないんだってェ〜〜……全裸オーディオ理論の完成ってワケか？　YouTubeで紹介すりゃあ多少お金になったんじゃあないのか？」

『その瞬間まで、ぼくは衣服という布の覆いすら、肌や骨に音を届かせる妨げになっていることに、気づいていませんでした……服は着て当然という常識が、ぼくの不純物に気づかせなかったのです。……〈音〉と〈ぼく〉との間には、何も要らなかった』

「とても服を脱ぐとか、そういう次元じゃあ収まっていないだろ？　……だいたい、なんなんだ？　そのスピーカー頭……それに声も。〈読み上げソフト〉みたいな声」

『声帯があると、その振動が雑音のもとになってしまうので……オンオフきっちり切り替えられる人工声帯と、スピーカーを。ぼくの声より、良い音なので』

「そのために顔まで捨てたってのか？」

『それが本質です。簡単なことなんだ。つまり――』

恭明は、背負ったレコードプレーヤーを愛《いと》おしげに撫でた。

親が子を慈《いつく》しむような、優しい手つきだった。

『〈音〉を聴くのに邪魔なものは、全て捨てる。それが本質』

「…………」

『いいですか、露伴先生……〈音〉の正体は〈音波〉です。〈波〉とは根源のエネルギーなんですよ……生命を生み出した海にも〈波〉があり、太陽から降り注ぐあの光は〈電磁波〉であり、人の心は〈脳波〉として出力される……そういう力が波紋のように広がって、この地球を回している。〈波〉を妨げるものは必要ない…………』

「……理屈は通ってるように聞こえる。理屈はね……でもかなり強引だよねぇ～～。信じたい通りの理屈に、現実を結びつけすぎだって思わないのか？」

『いや……露伴先生だって体験したはずだ……』

「覚えがない。僕だって、君に見繕ってもらった機材で良い音質を楽しんださ。でも裸で音楽鑑賞したり、ましてや顔面にスピーカー植えたりなんてした覚えはない……〈変わった趣味〉には、人を同好の士にしたい気持ちがあるんだろうが……」

『さっきしたんですよ。露伴先生も、体験した』

「さっきだって？」

露伴の頭を、京香の顔がよぎった。

音に満たされ、体を支配される京香の姿――。

『人間を落ち着かせる脳波の〈アルファ波〉だって、〈音〉の力で再現できる〈波〉……。聴いた人間から恐怖心を消してしまうことだって簡単なんです。首を絞められたって苦痛を感じなくなるくらいに。目の前で人が襲われていても、焦ることもできなくなる……本当に〈良い音〉は死の恐れをも超越させる』

「……マジな話なのか……？」

『露伴先生、〈音波〉は魂に直接干渉するほどの生命エネルギーなんですよ。むしろ、魂を解放して裸にする手段と言っていい……』

スピーカー越しに聴こえる合成音声は、相変わらず機械的で、抑揚に乏しい不気味なものだった。

それでも、恭明の理論に一定の真理があることと、その演説に熱が入っていることは、伝わってきた。

『ぼくはそれを追求してみたかったッ！　どれだけ〈音〉への情熱を〈ピュア〉に近づけられるか！　そのためにどれだけ、ぼくと音の間から〈ノイズになるもの〉を排除できるか！　常識とか、固定観念とか、恥とか、情とか、倫理とか……音を濁らせるものを、どれだけ徹底的に取り除き、〈音〉の本質を浮き彫りにできるか……真のピュア・オーディオとは、そういう考え方だったんです』

会話は成立する程度に、理性的だった。けれど、露伴はしっかりと確信した。

伊坂恭明は――何かのタガを外してしまっている。

「君の情熱のほどは分かってきた。だが……なあ、伊坂恭明」

露伴は少し、危うい話題に踏み込む覚悟を決めた。

「あの〈猫〉の死骸……いや、あれだけじゃあない。さっき見たんだ。家の庭には洗濯物が放置されていたし、車や自転車が置いてあるままの家もあった……たぶん、自主的にここから出ていった人たちだけじゃあない……」

『…………』

「まだあるぞ。今、通りすぎた家の庭……塀の隙間から少しだけ見えた。……縁の下に転がっていた、子供用の手袋には、中身が入っているように見えた……。そもそも、近隣住民の立ち退き……伊坂家が地主だというなら不思議じゃあないが、君にそういう管理ができるものなのか？　他の伊坂家の人間はどうしているんだ？　君は……一体どれだけのものを〈ノイズ〉として処理しちまったんだ？」

『………露伴先生。これは〈追求〉の話だ』

恭明は、振り向かなかった。

柔らかな春の日差しが、異形のシルエットをくっきりと浮かばせていた。

『一度始めてしまったら、〈追求〉し続けなければ意味がないんです。〈アナリシスプラス〉のケーブルや、〈マジコ〉のスピーカー、〈ジェフ・ローランド〉のアンプから、最高価格帯の物を選べる〈資金力〉、それらの相性を考えながら的確なセッティングを行うことのできる〈知識力〉……そういう金や時間で解決できるものは、基礎でしかない。まったく究極の〈ピュア〉に到達できない』

「ケーブルって……おい、それ〈ゴールデンオーバル〉を言ってんのか？　あの、冗談みたいな金額のッ？　車が買えるような金額のヤツッ！　正気か⁉」

『見ての通り、至って正気です』

「どこ見たっておかしいだろォ？」

『ボスッ――』

恭明のスピーカーから、妙なノイズが漏れた。

最初、いい加減に激高したのかと思ったが、どうやらそうではないらしかった。露伴は尋ねた。

「今、笑った?」

『…………』

「笑ったよねェ――――! ……今さぁ〜〜……。君、そういうカンジの外見に反して、中身……まだけっこうまともなんじゃあないのォ〜〜?」

『ぼくはまともですッ。ずっとまともですよッ』

「〈まともだって主張した方がマジでヤバい奴に見える〉とか、考えてそうな言いぐさだが……? なあ、なんかキャラづくりくさいんだけどなぁぁ――……その外見だって過剰演出なんじゃあないか?」

露伴から見て、精神も、肉体も、恭明は既に常軌を逸している。

だが、なにか仕草や言動に、妙に人間臭いところも見せる。そこには七年前の恭明の面影がある。そのちぐはぐさを、どうも無視できない。

そもそも、なぜ露伴に対してだけは、恭明はこうも友好的で穏やかなのか。それだってずっと疑問なのだ。

ともかく、興味が湧いてきていることは否定できなかった。

恭明が挙げたオーディオ機器メーカーの名前は、どれも超上級、最高級モデルを提供する伝説のブランド。人生を何度繰り返しても揃うものではない。

ここまでの狂気に陥った男が、金も手間も糸目をつけずに揃えきった最上のオーディオ環境。ケーブル一つとっても、まずお目にかかれない代物《しろもの》。

それを見てみたい気持ちは、確かにあった。

だからこれから先、どういう事態になったとしても、少なくとも恭明のオーディオコレクションは見ておこう。とりあえず露伴は、そう決めた。

「しかし……そもそも君は、いちオーディオ屋だろう？　別にオーディオ屋を見下しちゃあいないが、純粋に疑問として……いくら売り上げ好調だったからといって、今言ったようなものを揃える資金を賄《まかな》えるものなのか？」

『ですから……賄ってみせるから〈追求〉なんです』

スピーカーから流れる声に、もう揺らぎはなかった。

『例えば……室内照明の微弱な〈電磁波〉だとか、少しずつたまってくる自分の〈耳カス〉だとか、空調で起こる〈空気のゆらぎ〉だとか、音が体の芯に届くのを妨げる〈筋肉や贅肉〉だとか、音を吸収してしまう〈体毛〉だとか――』

恭明はぐるりと、首を回した。

誰もいなくなった坂持の街並みを、見渡すような仕草だった。

『――伝達に干渉する〈スマホの電波〉だとか、外から響いてくる〈車の走行音〉だとか、文句をつけにくる〈近隣住民〉だとか、機材を買いたいのに……伊坂家の資産をぼくに運用させなかった〈親族〉だとか……純粋な音を妨げる全ての〈ノイズ〉を取り払う。そのための努力は惜しまない。……それが〈追求〉なんですよ』

「……それで、どれだけのものを排除した？」

『音の力は偉大です。本当に良い音ってのは、みんな、自分の命なんか放っておきたくなるほど、聴きたくなるものなんだ……それに、携帯できる設備じゃあ無理でも……よく響くスピーカーなら、家一つ町一つ、無抵抗にするくらいはワケないってことだ』

「……いや、やっぱり全然まともとかじゃあなかったな……」

やはり――恭明は、人の命を奪うこと自体には、何の抵抗もないのだ。京香への対応が、それを明らかにしている。狂気か正気かと言えば、十分に狂気寄りのはずだ。

だが、疑問が浮かんでくる。

狂気じみた〈音への追求〉。それが恭明をここまで追い込んだ。それは分かった。

しかし、果たして人間は……そう簡単に狂えるものだろうか。

日本という国で育った人間の理性は、思ったより強靭《きょうじん》なものだ。

純粋なる音。ピュア・オーディオの追求。なるほど、徹底したマニアとは時に狂信じみた行いに手を染め、破滅に進むこともあるだろう。

けれど、肉体改造をし、他人の命を害し、一つの町を滅ぼすようなところまで行くものだろうか。ふつう、どこかでブレーキがかかるものではないか。

露伴にはかつて、己の歪んだ欲望に任せて犯罪を繰り返す、異常な殺人鬼と相対した経験もある。そんな人間でも、町一つを滅ぼすようなところまではいかなかった。七年前も、今こうして話した限りでも、恭明自身の根っこは、どこまでも普通の人間のはずだ。少なくとも命の温かみが分からないとか、そういう人間には感じなかった。

本当に、いま語られた内容が全てだろうか。

変わるためのきっかけが、あったのではないか。

――もっと〈決定的な何か〉があったのではないだろうか。

「いいや……自分の中で仮説をこねるより、取材する方が僕のやり方だ。……話ができるなら、単刀直入に訊くよ。いや、もう訊かない選択肢はない。君にその意思がなかったとしてもな……伊坂恭明」

『何でしょう』

もちろん、〈ヘブンズ・ドアー〉を使えば彼が何をしてきたか、どんな経緯《いきさつ》で怪物へと至ったのか、読み解くのは容易《たやす》い。

しかし露伴には今、対話を通して尋ねたい気持ちがあった。

他人を、自分の体を、声帯までも、あらゆるものを捨ててきて……なお、人工声帯を備えてまで、恭明は〈話す〉手段を残している。そこに意味はあるのかもしれない。

そう考えたからこそ、露伴は尋ねた。

「あれから何があった？」

『〈音〉がありました』

会話が成立しているのか、一瞬、不安になる受け答えだった。

しかし、恭明は堂々としていた。彼の中で、確固たる真実の論理が根づいているように見えた。

『露伴先生は、〈黄金比〉を知ってますよね？』

「当たり前だ。僕の本業は絵だからな…………」

露伴は恭明の背中を真っすぐ見ながら、語りかけた。

「……〈1:1.61803339……（以下無限に続く）〉の比率で表される〈貴金属比〉の第一番だ。例えば〈黄金比の長方形〉の中に正方形を一つ作ると、残った長方形も正確な〈黄金長方形〉となる。この法則は何度繰り返しても揺らぐことのない〈無限に続く力〉」

そう言って、露伴は両手を掲げ、指で長方形を象《かたど》る。

その長方形の向こうに、一軒の建物が見えてきた。

それは、電線だらけの町の風景によく溶け込んでいて、しかし……その建物単体で見ると、何か、異様なデザインだった。屋根も壁も全面が一色の塗料で塗られたそれは、家屋や店舗というより、一つの装置のようだった。

露伴はその建物を視界に収めながら、続けた。

「その〈無限の力〉を内包した比率……レオナルド・ダ・ヴィンチの〈モナリザ〉やアントニ・ガウディの〈サグラダ・ファミリア〉にも黄金比が使われている。つまり……人類が美という概念を追求し、見つけ出した、〈完璧な比率〉」

『そうです。それが〈黄金比〉……長い美術の歴史の中に連綿と受け継がれた、〈美の遺産〉……宇宙に最初から組み込まれていた、理《ことわり》の一つ』

やがて、恭明はその建物へと入っていった。

そこは〈サカモチレコード〉だった。

七年前とは随分と様変わりしていたが、間取りや柱の感じに名残があった。それがむしろ、時の経過と異様な変化を強調しているようだった。

「……本当に、随分とリフォームしたな……」

『ええ、屋根には太陽光発電パネルも、蓄電設備もありますよ。発電施設からの距離や電機の質は音に影響してくるから、電気は自給自足』

「オーディオのオカルト話で有名なヤツだな。……インターネットの情報じゃあ、廃業しているってことにはなってなかったが……あれだけ揃っていた商品が、綺麗サッパリ片づいてるが……品揃えが自慢だったんじゃあなかったか？」

『半端なものは、音響の邪魔になるだけでしたから』

「フン、じゃあいよいよオーディオ機器店ですらないな。それで……どうして〈黄金比〉の話だったんだ？　まだ僕の質問にはしっかり答えてもらってないぞ」

『露伴先生……〈音〉にも〈黄金比〉が存在することは、ご存じですか？』

「〈音の黄金比〉だって？」

『ええ。正しくは…………〈黄金比音律〉』」

恭明は、噛み締めるようにその単語を紡いだ。

『黄金比を音程に当てはめると〈833セントスケール〉という数値になり、その組み合わせで作ったのが……〈黄金比音律〉……音にも〈完璧な比率〉は、ある。もしその比率を完全に守って演奏した曲があるとすれば……それは〈黄金のメロディ〉と言っていい』

「……〈黄金のメロディ〉……」

そうして、奥の部屋にたどり着くと……恭明は足を止めた。

「伊坂恭明、君は………」

その部屋は、まるで小型のコンサートホールだった。

全てが〈音〉のためにあった。

壁も床も真っ黒に染まっていた。それらは音響を向上させるための炭素塗料であったが、露伴には知る由《よし》もなかった。

真っ黒な部屋なのに、やけに明るいのは、大きな天窓のせいだった。照明の発生させる電磁波を嫌った、自然光に頼った間取り。青空の見える大きな窓が天井についていて、梁《はり》のような反響板が並んでいた。

　室内には、カタログで見れば、不動産のような価格帯で載っているであろう機材が、ずらりと並び、徹底的に整頓されていた。

　コンセントから繋がる超高純度無酸素銅の電源ケーブル、金庫のような重く分厚いフォルムのアンプ、縦に五つも並んだ大きなスタンディングスピーカー、どれも幾何学的に配置され、スマートに配線されていた。

　そして、部屋の中央には……〈レコードプレーヤー〉が生えていた。

　生えていた、と形容してしまうくらい、それは厳重に、床に対して固定されていた。レコードプレーヤーは振動を抑えられるほどよい、という定石を懲り固めたような光景だった。何もかもが、最適な環境を目指していた。

「スゴいなッ！　正直驚いたよ……君の格好はハッキリ珍妙だったが、この設備のスゴさは分かるぞッ！　このプレーヤーだって車が買えるくらいのヤツだ。あのスピーカーだってとんでもない！　……伊坂恭明、君は、その〈黄金のメロディ〉を聴くために、この設備を……？」

『ダメなんです。設備にお金をかけるだけでは』

　興奮に満ちた露伴の言葉を打ち切るように、声がした。

恭明は、異形の首を横に振った。

「ダメって？」

『これほどの設備を揃えても、本当の意味での〈黄金比音律〉を聴くことはできなかった。この音響環境ですら、絶対に微細な〈ノイズ〉が混じるのです』

「〈ノイズ〉って…………これでッ⁉　これ以上、音質を向上できる設備なんてあるものなのかッ⁉」

『ダメです。普通のやり方では、どうしてもダメなんです。空気の揺らぎが、電磁波が、騒音が、純粋な音を濁らせるからです。どれほど精巧にやったって、この地球上で聴く限り、小数点以下の世界で必ずズレが起きる……』

「……それは、人間の可聴域の話をしてんのか？　そのズレってヤツは、聴いて分かるようなレベルのものじゃあないだろ……？」

『それでも、〈妥協〉したらたどり着けない』

恭明は、顔のない頭で空を見上げた。

青空は少しずつ、暗く陰り始めていた。

『露伴先生、言いましたよね……〈黄金比〉は〈無限の力〉を内包した比率。黄金長方形という図形にも無限の法則が内包されている……でもそれは、あくまで理論上、正確に黄金比の図形を描けたときの話』

「……そうだな。そのスケールにとことんまで忠実であるからこそ、そこには大いなる力が生まれる」

『だからこそ――完全に、百パーセント〈ノイズ〉を除去して、正確に〈黄金のメロディ〉が鳴らせたとしたら……〈無限〉を内包する〈黄金比〉の音を鳴らすことができたら……そこにも…………』

「……〈無限に続く力〉がある？」

『ぼくはそれが聴きたかった』

気づいたことがあった。

恭明の言葉は、あまりに具体的で、確信的だった。

自分の理論は正しいとまるで疑っていなかった。というより……たどり着ける〈正解〉があると確信しているようだった。

そもそも恭明はどうやって〈黄金のメロディ〉という言葉にたどり着いた？

黄金比の力は確かにある。あるが、優れた芸術家や、よほど鋭敏なセンスを持っている者でない限り、それを実感できるものか？　信じて進めるものか？

それに、このオーディオルームには足りないものがあるのではないか？

プレーヤー、アンプ、ケーブル、スピーカー。

これだけ揃って、あるべきものがないのではないか？

オーディオの心臓部と呼べるものが、ないのではないか？

「……分かったぞ。伊坂恭明…………そこにあるんだな？」

恭明は、ゆっくりと背中に手を伸ばし、背負ったプレーヤーの蓋を開けた。

そこには、一枚の〈レコード〉が収まっていた。

「……ふつうは、振り切れない。ただ良い音を出すためだけに〈追求〉はできない。終わりがないからだ……具体的でない理想のために、徹底して身を粉にするなんて、そうそうできるものじゃあないんだ。人間は〈頂きのない山〉には登れない。目的地がなければ目指せない……だが……そこに〈確かな形〉があるんだな……？」

露伴は目を凝《こ》らし、じっと、そのレコードのラベルを見つめた。

「そこにゴールが……たどり着くべき正解という〈真実の形〉が分かっていればッ！　人は目指せてしまうッ！」

歴史が証明している。

地動説。

進化論。

ニュートリノ。

フェルマーの最終定理。

答えの形が見えていれば、人はそこにたどり着く道筋を、必死に研究する。ときには人生を棒に振っても、命に代えてもその道をゆく。

そこにさえたどり着ければ報われるかもしれない、という……成果の形が確かなら、どれだけ人類文明が発展しても、人は〈追求〉する。

恭明の持っているレコードのラベルには、曲名が印刷されていた。

The Golden Melody――〈黄金のメロディ〉。

京香と露伴が聴かされた、曲の名前がそれだった。

「そのレコードが、君を変えた〈元凶〉だッ！」

『〈元凶〉という言い方は本意ではありませんが――』

恭明は、ラベルの文字を指でなぞった。

『――そうです。究極の〈黄金比音律〉を込めた音は、ここにある……この曲には宇宙の根源が、無限の生命エネルギーの波紋がパッケージングされている』

「……そんなレコードが、本当に……」

『あるから持っているんです、露伴先生。そして聴いたからこそ、ぼくはこのレコードのために生きようと思った。こいつは誰かに聴かれたがっている。ここに込められた音を、最も正しい形で再生してやる。それがぼくの使命だと、教えてくれる』

「……七インチの……〈EP盤〉……」

露伴はレコードを凝視した。

片手で持てる、軽く薄い円盤。そこに刻み込まれた音が〈黄金のメロディ〉だとすれば……そのレコードの溝にはまさに〈無限〉が表現されているのかもしれない。

いや、事実……伊坂恭明は変わり果ててしまったのだ。そこに何らかの〈巨大なエネルギー〉が内包されているのは、確からしい。それが七インチなら……再生すれば、三分ほどは音の影響を受ける、ということだ。

「……忠告しておく……伊坂恭明」

露伴は、右手の指を恭明へと向ける。

「それをどこで、どうやって手に入れたのか、気になるのも確かだが……間違いなくそれはヤバい代物だ。……そのレコードが君を変えちまった。自覚があるなら手放せ。話が通じる今が最後のチャンスかもしれない……。持ち運べる機材の音質ですら、泉くんがああなってしまった……だったらそいつを最高音質で聴くのはヤバいッ！」

『いいや、絶対に手放しはしない。ぼくがやらなくちゃならないことだ。人も物も、巡り合いには〈運命〉があって……このレコードはぼくに巡り合った。これはぼくの〈運命〉に組み込まれた使命だ。そして……………時間ぴったりだ。〈条件〉が来る』

「なに……？」

部屋の中が、いつの間にか薄暗くなっていた。

おかしなことだと思った。恭明のオーディオルームに照明はない。明かりは、空が見える大きな天窓から差し込んでいた。しかし夜にはまだ早い。

雲があるわけでもない。天窓が閉じているというわけでもない。

見上げれば、お日様が欠けていた。

「……そうか……招待状の時間……！　もう、始まる時間だったのか……！」

それは、世紀の天体ショー。

同じ地域で拝むには、二十余年に一度という、宇宙の奇跡。

この星に降り注ぐ光の根源、〈太陽〉と〈月〉が、一つに重なり、昼と夜がまじりあうように空が曖昧になる、壮大なる怪現象。

『……過去に東南アジアでこの〈現象〉が起きたとき、地球の大気中の〈電離層〉に穴が空《あ》いたという記録があります……。この世界には常に〈太陽〉の電磁波と、〈月〉の引力が働き、二つの力で大気の〈ゆらぎ〉が起こっている、だが……』

恭明の言葉は、相変わらず仰々しく、飛躍している。それでも、今まさに空で起こりつつある壮大な変化は、聞こえる言葉に力を籠もらせた。

『その二つの力が重なるとき、それぞれがつり合い〈力の穴〉ができる！　この〈現象〉には、地球と宇宙の間にある壁に〈穴〉を開ける力があるッ！　……そこには何の〈ゆらぎ〉も〈ノイズ〉も発生しない、完全にクリアな環境がある』

太陽と月――お日様とお月様は、いつも人々の頭上にある。

雲がかかろうが、霧がかかろうが……必ずある。そういう不変なものが、この広い世界で生きるちっぽけな人間に安心を与える。人はそこに神の姿を思う。

そのお日様が、欠けてゆく。

じりじりと黒い円が侵食し、暖かな春の日差しが遮《さえぎ》られていく……それは神秘的でありながら、とても不吉な光景にも見える。

「……まさか……本当にこれなのか？　だから、この日時に招待したッ！」

『そう……そして、このレコードが録音されたときも……同じ〈現象〉が起きていた』

「……なんだってッ⁉」

『ぼくは今、その環境を〈再生〉する』

辺りが暗くなっていく。

空から降り注ぐ太陽の電磁波……地球に干渉するエネルギーが消えていく。お日様がどんどん闇に食われていく。それはさながら、神の死を思わせる。

『やっと突き止めたんです……金や技術の問題じゃあなかった……〈再生〉とはッ！　記録された音を究極的に正しい形で〈再生〉するなら、〈生〉み出されたのと同じ環境を〈再現〉しなくてはッ！　音源の録音手順を辿らねば、本当の〈再生〉はできないッ！』

「……それこそが……君の……」

『それこそが、究極なるピュア・オーディオ環境』

そして――お日様に、穴が開いた。

『〈黄金のメロディ〉を聴くための最後の装置…………〈金環日食〉』

〈金環日食〉の日に録音されたレコード。

それが、〈黄金のメロディ〉の正体。太陽と月の、どちらの祝福も及ばない時間に作り出された、純粋なる音。何にも邪魔されずに生み出されたエネルギー。

〈無限〉を内包する音楽。

それを再生する準備は、整ってしまった。

部屋の中央に、祭壇のように供えられたレコードプレーヤー。

金色の輪が浮かぶ空の下、恭明はプレーヤーの蓋を開けて、ゆっくりとレコードを掲げていく。

「……今度は……〈警告〉しておく。伊坂恭明……」

恭明に対し、露伴は宣言した。

「そのレコードプレーヤー……再生ボタンを押そうとしたら、僕は君を攻撃する」

『……』

「泉くんの一件でよく分かった。その〈音〉は危険だ……まして純粋なその〈音〉が無限のエネルギーを生み出すというのなら、なおのこと」

そう、露伴はその危険性が分かっていた。

傍《はた》から聞いただけでも、恐怖心を奪う音楽。泉京香から正気を奪い、その体すら操ってみせたメロディ。そこには凄まじいエネルギーがある。音楽は人の魂に干渉するエネルギー、それは確かなのだろう。

だからこそ、凄まじすぎるエネルギーは、危険だ。

「〈水清ければ魚《うお》住まず〉だ……〈百パーセントの純粋〉は有害なんだ。百パーセント純粋な酸素は猛毒となり、百パーセントのアルコールは飲用に堪えないッ！ましてその音に〈無限のエネルギー〉があるなら……人間の体は〈無限〉を受け入れられるようにはできていない……再起不能になるんだぜ、伊坂恭明ッ！」

『ええ、気づいていますよ』

露伴の言葉を聞きながら、恭明は淡々と準備を進める。

レコードの穴が、ぴったりとプレーヤーに収まる。

再生速度を選択し、トーンアームを持ち上げて、レコードの上へと針を持っていく。

「しっかり言っておくが、僕の攻撃は君が針を落とすより速い」

露伴は歩きだした。

〈ピンクダークの少年〉を象ったスタンドの像が、それに追随する。スタンド使い同士の間合いを取る感覚で、射程距離を測っていく。

「〈黄金のメロディ〉に興味がないわけじゃあないが……〈読み切り〉を描く予定もあるんでね」

直で叩き込む場合の〈ヘブンズ・ドアー〉の有効射程は、直接その手の届く距離。

その距離まで、近づいていく。恭明は、引かない。

『……分かっていたさ、全部この体で体験したことだ』

そして――距離が、詰まる。

『そもそもぼくの体は、この音楽を聴き続けることによって痩《や》せていったんです。どんなエネルギーだって摂りすぎは良くない。……分かってた。人や町を犠牲にしてまで……』

「〈射程圏内〉だッ！　もう一度言う、〈針〉を戻せッ！」

『……おかしいことくらい分かっていた……でも、止まれなかった』

「その〈針〉を落とすなァァアア――――ッ！」

『だけど……消せないものもあった』

「――ヘブンズ――ッ！」

腕を振り上げたそのとき、露伴はやっと気がついた。

〈ケーブル〉が、〈スピーカー〉に繋がっていない。

「………？」

〈プレーヤー〉から〈アンプ〉には繋がっているが、〈アンプ〉から繋がっている先は……〈ヘッドホン〉だった。最高級の静電型構造で作られたヘッドホン。

「………まさか……そうなのか？　……だから、簡単にこの距離まで……ずっと、何のプレッシャーも感じなかったのは……。ずっと、僕に対して、敵意を向けることもなかったのは……」

恭明は、そのヘッドホンを自分の耳に当てていた。

「………僕に聴かせようと思って呼んだんじゃあないのか？」

蓄積していた疑問がスパークした。

伊坂恭明は、なぜ、露伴に招待状を送ったのか。

本当に純粋な〈音〉を、〈黄金のメロディ〉を聴くために、邪魔な人間を排除し続けたのではないか。ここに来るまでの間、そして今も、ずっとしゃべり続けている露伴への攻撃がないのはなぜなのか。

なぜ、伊坂恭明は………岸辺露伴を、必要としたのか。

『先生、〈黄金のメロディ〉にたどり着いたのはぼくです。聴くのはぼくだけ。先生には、もう必要なだけ聴いてもらいいました』

「……今、〈もう聴いた〉って言ったのか？　僕が……既に？」

『……結局、〈何かした〉ってことを残しておきたかったんだ……ぼくは……本当に弱い。……先生、ぼくはこんな体になって、ろくに漫画なんて読めなくなりましたけど……まだ、漫画描いてますか？』

「……ああ」

『好きだった……ガンガンに響く重低音の中で、先生の漫画のページをめくるのも……本当に好きだった。〈レッド・ツェッペリン登場〉……初回盤じゃあないが、ぼくも買った。先生と会った日のことを思い出しながら……これを聴きながら書いたのか、って思いながら読んで……最高だった……』

露伴の頭を、つい先ほどの記憶がよぎった。

京香への攻撃をやめた後の会話――。

「そうだ……言っていた。さっき……〈こういうことをするために、呼んだんじゃあない〉って……」

『初めてだったんです。自分のやったことが、何かに繋がるって経験……露伴先生が教えてくれたんです。〈真摯〉になるということ』

聴こえてくる声は、相変わらずの合成音声だった。

「伊坂恭明ッ！　君はッ！」

『知ってほしかった』

けどその声は、穏やかだった。

『……ちょっと、やりすぎたけど……〈ぼくはここまでやってみたぞ〉って。〈黄金のメロディにたどり着いたぞ〉って……胸を張ってみたかった。人生で一つくらい、結果を残してみたかった。そして………おこがましいかもしれないけれど、それが何か……尊いものの成果に、繋がってほしかった……』

「…………」

何を言うべきか、露伴は少し迷った。

しかし、恭明が次にしようとしていることが分かった今……選べる言葉は、そう多くはなかった。ただ、それが最後の会話になると、露伴は分かっていた。

「……いいか、伊坂恭明」

やがて、露伴は口を開いた。

「僕の何げない一言が、君の未来を左右したなんて思うほど、僕は人間をナメちゃあいないし、傲慢じゃあない……君のやったことも、その責任も、全て君のものだ。とても胸を張れる手段じゃあないが……そこまでたどり着いたのは君なんだからな」

そして……。

露伴は、〈ヘブンズ・ドアー〉を使うために振り上げていた右手を、下ろした。

「確かに僕は聞いた。〈黄金のメロディ〉にたどり着いたのは君だ。……君だけのものだ」

その言葉を聴いて、伊坂恭明はじっと露伴に顔を向けた。

もう、表情を作れないその顔は、笑うことはなかった。

だが。


『――ボスッ』


それが伊坂恭明が人生最後に発した、〈ノイズ〉になった。

『いいネタになるのを祈ります』

言葉を紡ぎ、恭明は人工声帯のスイッチを切った。

そして、レコードに針を落とした。

おおよそ――三分と、二十秒間。

ヘッドホンを付けた恭明は、まるで何かに取り憑《つ》かれたように、のたうち回り、踊り続けた。スイッチの切れた人工声帯は声を出すこともなく、〈黄金のメロディ〉はレコードが回り終えるまでの間、恭明の中に響き続けた。

そして、再生が終わり、空がいつも通りの明るさを取り戻したとき…………伊坂恭明は、もう、動かなくなっていた。

純粋すぎるメロディに体を任せた恭明は、もはや魂が音の中に溶けていた。無限のエネルギーが生み出す音波を浴び続け、人の精神を保てなくなってしまった。

そしてそのメロディの終了と同時に、恭明自身の魂もまた、終わった。

「…………」

露伴はしゃがみ込み、倒れた恭明の体に触れた。

〈ヘブンズ・ドアー〉。恭明の体が開き、本になった。

彼の生きた証がまだ、そこに残っていた。

「……そうか。〈ワイオミングの集団発狂事件〉……。アメリカで発生したあの事件がまさに日食の日……あれの被害者が……ミュージシャンだったな。たしか……そう、〈ゴールデン・メロディズ〉だった……」

露伴は一ページ、一行ずつ、彼の人生を紐解《ひもと》いてゆく。

「インスピレーションが降ってくる、ってことはある。……〈黄金のメロディ〉は、金環日食が宇宙からもたらした音を聴いて作った、ってこと……」

恭明のページは、ゆっくりとしたペースで、少しずつ文字が消えていった。それは、彼の魂の記憶が崩れてゆくことを示していた。

その前に、露伴は読み取れるだけのことを読み取っていった。

「彼らはみな正気を失いながら、取り憑かれたように、最後にレコードを一枚残した……。伊坂恭明は彼らのファン……病弱な幼少期に、彼らの〈音〉にエネルギーを貰い……いつかライブに行こうと思っていた……」

伊坂恭明にとって、〈音〉はまさに生きるためのエネルギーだった。

ワイオミング事件でもう二度と〈ゴールデン・メロディズ〉の演奏は聴けなくなったこと。彼らが作り出した最後のレコードが〈黄金のメロディ〉であり……伊坂恭明はその落札のために、家の財産に手をつけ、決定的に道を踏み外したこと。

そして〈黄金のメロディ〉を手に入れてから、彼は止まれなくなった。踏み外した道の行き止まりまで、突き進むしかなかった。

人が一人、道を踏み外すまでの間に紡がれた物語の全てが、そこにあった。

「……宇宙から音が降り、ロックバンドがそれをレコードに再現し、伊坂恭明がそれを聴いた……だが、それを聴けたのは伊坂恭明だけだ。もうこの音は、地球上のどこにも行かない……どこにも響かない。このお話は、ここで終わりなんだ」

金環日食は終わった。

次に純粋なる〈黄金のメロディ〉を聴く条件を揃えられるのは、数十年後の話になるだろう。その音の真なる響きを知っている伊坂恭明も、もういなくなる。

本のページに刻まれた文章が徐々に崩れ、五線譜に塗りつぶされていく。

それは少しずつ歪みながら、恭明のページに大きな螺旋を描いていった。無限に渦巻いていく五線譜の、黄金の螺旋。

恭明という本は、もう読めなくなった。彼の人格は消えた。

やがて、その生命も尽きるだろう。

「〈日食〉も〈音楽〉も終わった。漫画にも終わりはある。だが……続いていくものもある」

そうして、露伴はサカモチレコードを出た。

すっかり戻った春の日差しが、空を青から紫のグラデーションに染めていた。もうじき夕方が来て、一日が終わる。今日の空が死んでゆく。

何事にも終わりは来る。

人生には限りがあり、〈追求〉にも行き止まりが来る。

けれど〈追求〉の果てにたどり着いたものが、何かに続くこともある。

露伴が来た道を戻っていくと、まだ道端でぐったり横たわっていた京香を発見した。

投げ出された掌の上を、ネズミが歩いていた。人が通らない町とはいえ、路上に女性を放置していたことに若干《じやつかん》の罪悪感を覚えないでもなかったが、この町に命が戻ってくる予感はそこにあった。

露伴は京香を引き起こし、目覚めさせた。

「ハッ！」

「おはよう泉くん。…………いや悪い、実はさっきまで半分くらい忘れてた。年頃の女の子だって分かってたんだが……でもちゃんと拾いにきたし……」

「……露伴先生……」

「ああ、〈怪物〉はもう居ない。色々あってね……まあとりあえず説明すると長くなるんだが……」

「……先生……私、色々ゼンゼン分かんないんですけど、とりあえず一つ聞いていいですか？」

「なんだい？」

別に丁寧に助ける義理もないのだが、この泉京香なら、眠っているところを放置していったことにキレたりするだろうか。まさか平手までは飛ばしてこないだろうが。

そんなふうに、ちょっぴり身構えてみた露伴だったが……京香の反応は、露伴が警戒していたものとは違っていた。

「いいネタ見つかりました？」

「…………フフッ」

数秒。呆気にとられた後、露伴は喉の奥でノイズを鳴らした。

やはり彼女はしっかりと、漫画編集者らしい。

つくづく、漫画とは〈追求〉しがいのあるものだと思う。

怪談、神話、科学、犯罪、喜劇、悲劇、人生。さまざまな出来事からインスピレーションを得て、そのエネルギーを紙の上に表現する。

死者も生者も等しくインスピレーションの源になり、漫画という世界に表現されれば、終わった人生すらも新たな物語を生き始める。

他人が辿った〈追求〉の歴史も、漫画の中でネタになる。

そして幾重もの人生と、冒険の物語を描く。

夏の気配が近づくある日。

カフェ・ドゥ・マゴで行われた何度目かの打ち合わせ。

泉京香と岸辺露伴は、そんな新たな物語を描くために、今日も顔を突き合わせていた。

「ところで、露伴先生」

テーブルに肘《ひじ》をつき、顎《あご》を上げた姿勢。相変わらずなんというか、漫画家相手の敬意にかける態度だが、もう慣れた。

京香の声が、屋外席のパラソルに響いて聴こえる。

「夏の終わりには〈読み切り短編〉四十五ページの締め切りがありますけど、もう描くこととか決まってますか？」

「う～～む、そうだなぁ……」

あれからいくつかの体験があり、いくつものネタができた。

どれから漫画にしようか。どれから描きだそうか。

面白いネタのストックがあるときは迷うものだ。そうして迷えるということは、とても幸福だ。ネタが尽きるのは恐怖であり、夜の海に投げ出されたような不安に包まれる。それに比べれば、描くことが多くて迷っているなんて、宝の山で溺れているようなものだ。

そのときの露伴には、いくつかのストックがあった。

そのどれも、漫画にすれば面白くなるという自信があったが……その日、青空に浮かぶ太陽の光を見たとき、なんとなく気分は決まっていた。

「〈金環日食〉の話とか——どお？」

もう、使ってもいい頃かもしれない。

一人の平凡な青年が、自分の命を燃やし尽くした物語。太陽と月という二つの天体が織りなす、無限のエネルギーのお話。

彼は悪人だと言えた。彼は人を害してしまった。

それでも、確かに人生を、命の全てをかけて一つの答えを〈追求〉し続け、その経験を誰かに託そうとした。そこのところは尊敬できる……そう思っていた。

だから今ならきっと、筆が乗る。

そう思って、提案してみたのだが——。

「わぁーっ、とても面白そうですねぇ♡」

京香の声を聞き、露伴はピクリと顔を上げた。

何か、余計なことを言われる予感があった。そして、実際、言われた。

「でもそれはそーとぉ〜〜〜〜……それとは別に〈山奥の別荘〉を買いに行くお話とか漫画にしません？」

「…………今、なんだって？」

オホン、と……いかにも不機嫌さが伝わるように、咳払いしてみせた。

けれど、やはり予感はあった。たぶんこの後、また何かに巻き込まれるだろう。あの日と同じ、風の匂いがした。

「そぉーゆーの興味ないですかああ〜〜？　アハハハハハハハハハハハハハハハハハハ。ないですかねぇ〜〜ウフフフフ」

「あのねぇ………」

なにせこの泉京香という編集者、〈それとは別に〉と言ってきた。

自然ともう一本、読み切りを増やせと言っている。普通の漫画家相手ならとんでもない無茶ぶりだ。

もちろん、岸辺露伴ならできてしまうだろうが。

まったく、漫画というのはどこまで〈追求〉すれば、果てが見えるのか分からない。

一本の漫画を仕上げ、一作の連載を締めくくり、それでも全然終わりじゃあない。

また新しいネタを探し、新しい漫画を描き続ける。その研鑽の旅はまだまだ遠く、きっと明日の、来月の、一年後の自分の描く漫画の方が、もっと面白いものになっている。

だから、まあ、結局のところ……まだまだ取材し続け、描き続ける。

この道を選んで生きるなら、それしかないのは確かなのだ。

岸辺露伴。漫画家。二十七歳。

彼の人生をかけた〈追求〉には、まだまだ終わりは訪れない。

原作者　岸辺露伴

「丁重にお断りさせてもらう」

九月の終わり際。

大きな窓から覗く植え込みの、淡くなり始めた緑を望む、柔らかな日差しが満ちた店内に拒絶の言葉が響いたのは、杜王《もりおう》グランドホテル一階のレストラン。

コースメニューの目玉である、四日間かけて仕上げたフォンドヴォーをベースとした特製ビーフシチューは絶品の出来。スプーンの先で赤褐色の表面をゆっくり割るようにしながら掬《すく》うと、抵抗もなく一口大に崩れた肉が持ち上がる。触れた瞬間、舌に〈幸福〉を味わってもらおうという心遣いが染《し》みた一品。

シェフが丹念に柔らかく仕上げた肉の旨味を噛み締め、ナプキンで口を拭いながら、岸《きし》辺《べ》露《ろ》伴《はん》は編集者の申し出をぴしゃりと退けた。

「…………」

ぜんぜん断られるなんて思っていなかった集英社社員〈別冊ジャスト〉編集長の白原端《しろはらたん》午《ご》は、ぽかん、とした表情を数秒戻せなかった。危うくスプーンが右手から転げ落ちそうになったところで、左手で口ひげを二、三度撫《な》でて、ようやく我に返った。

「えぇ〜っと……もう一度、聞いてもいいかな……」

「どうぞ?」

「露伴くん。今〈断る〉って言った?」

「……言いましたが…………聞こえませんでした? もう一度言っときます?」

「……じゃあ、ホントにもう一度言ってもらっていいかなァ〜〜? 最近耳が遠くて……〈VRキャバクラ〉のゲーム買ってから余計なんだけど……。臨場感求めてヘッドホン大音量にするから……ウフフフフ。やったことある? VR。ンフフフフ」

「あ——ローアングルになると分かりやすく〈隠し〉が出て現実に戻されるヤツゥ——」

「分かるゥ——————ハハハハハハハハハハハハハハ」

「ワハハハハハハハハハハハハハハ」

「で、今なんて言った?」

白原は貼りつけたような笑顔だったが、露伴は真顔になった。

息を吸って、静かだがその場の空気に染みわたるような声で続きを述べる。

「……白原さんが〈別冊〉の編集長に就任なさって以来……昇進おめでとうございます。今年、久しぶりに連絡していただいて……。〈新装版〉の提案とか、それにつける〈描きおろし〉とか提案してもらって……。その上で、前に一緒に仕事していたときのように、この極上のビーフシチューに舌鼓《したつづみ》を打ちながら相談してもらっても……」

スプーンを置いて、椅子に深く腰かけつつ、今度は〝ながら〟ではなく、しっかりと正面を見据えて、白原に向けて声をかける。

「僕の漫画、〈異人館の紳士〉の〈実写映画化〉については、丁重にお断りさせていただく」

「露伴くゥゥ――――――――――――――――――ん！」

あまりの衝撃に、白原はホテルの最上階までブッ飛んだのかと思った。

「露伴くん露伴くん露伴くん露伴くんさァァ～～～～～～～～～～～～～～～～ッ！」

だが実際にはそれは気のせいだったし、少し椅子から腰が浮いただけだった。気持ち的にはそのくらいの衝撃だったと、白原は思った。

対して、露伴はもう言うべきことは言ったとばかり、食事を再開していた。

「どうしてッ！　映画化だよ⁉　作家の夢だろッ⁉」

「僕はそういう夢を見た覚えはないし、夢を見ているほど暇な仕事じゃあない」

「オイオイオイオイ～～～～～～映画化って浪漫《ろまん》だろ！　ナァ！」

浪漫。それが白原端午の口癖。

具体的でない、輪郭のふわふわした目論見《もくろみ》に対して作家をつき合わせるときに使う、格好は良いけれど、形のない言葉。白原はそれを好んで使った。

「あのさぁッ！　新刊の帯にさぁ――――っ！　ビビッドピンクのドデカい〈特太ゴシック体〉でさぁぁ〜〜〜ッ！　〈映画化決定〉って、ドカンッ！　と載せるのが編集者の浪漫なんだよ！　全ての編集者にとっての……君の今の担当編集だってさ！」

「白原さんにはお世話になったと思ってますよ。当時、まだ漫画家歴の浅い僕には、色々と業界のことを教えてもらったし……」

「だよねェエ〜〜〜ッ！　私と露伴くんの仲だもん！　担当だった時間は短いけれどさァ〜〜〜けっこー濃密な時間を過ごしたと思っていたよ！　私はッ！　だからさぁぁ〜〜〜もう一度、今度は大きな浪漫を一緒にさァ〜〜〜、浪漫……」

「それとこれとは話が別です。ゼンゼン別。これ、レンコンの歯ごたえが抜群に良い……何分揚げたんだろう」

「浪漫くゥゥ――――――――んッ！」

「誰ェ？」

　話を打ち切ってレンコンをコリコリかじる露伴に、白原は小さくオーマイガーのポーズで吠えていた。

「クゥン！　くゥゥ――――ンッ！　浪漫くゥ――――んッ！　いやッ！　浪漫先生ッ！〈実写化〉に不安があるのは分かるよォォ〜〜〜？　でもねぇ、今の時代の〈ＶＦＸ〉の技術はすンごいからッ！　あと〈４Ｄ〉もね……初音ミクのライブ行ったこととかないかい？」

「そのうち行っときます」

そうやって必死に叫ぶ白原の姿を「あれ、ＣＧのゴジラがこういうポーズだったかな、あれは竜が玉を持つイメージだから、この人の〈前世〉は竜だったりすると面白いな……」とか、露伴はぼんやり思っていた。

つまり、そういう激しいリアクションをいくら見せられても、ほとんど興味がなかったし、それよりも、濃厚なシチューの中に入れても一度揚げられたレンコンの香ばしさを保つバランスとかの方が気になっていた。

一方……白原は、疑いようもなく必死だった。

「いや……マジだからね。確かに大昔なら漫画の〈実写化〉なんて話、不安に思うだろうけど……時代が追いついたんだよ浪漫くん……！　いや露伴先生ッ！　この時代、〈漫画の実写化〉は十分に〈可能〉になったッ！」

「だから……〈可能性〉の話じゃあなくって………………〈危険性〉の話」

「〈危険性〉？」

「漫画を描くときなら僕は〈可能性〉を求めるが……」

露伴は、細くため息をついた。分かっていない。この人はまったく問題点が分かっていない……。露伴は深くなりそうなため息を切るように、細く息を吐いてみせる。

「つまり……漫画家は自分の生み出した世界を保護する義務がある、と……僕はそう思っているし……そういうことを〈ないがしろ〉にすると、漫画だって〈怒り〉を覚えるはずだ。自分たちの世界に土足で踏み込まれるんだからな………そう思いませんか？」

「ンモォ――――――――ッ！」

白原は拳を握り、ぷるぷると体を震わせる。

「露伴くん……君が〈漫画〉って媒体に誇りを持っているのは分かる。私だって分かるよ。でも今の時代だって〈メディアの王様〉は〈映画〉なんだッ！」

ピクッ……と、露伴は眉を動かす。その表情の動きに、白原は多少、よくないところに踏み込んだ気配を覚えていた。

「〈漫画〉が〈映画〉より劣ったメディアだと？」

「……そうは言っていない！ 世間とかのイメージの話で……〈映画化決定〉ってトロフィーの力は計り知れないッ！ 発行部数だって倍率ドン！ さらに倍！ 巡り巡って会社の利益は膨れ上がるし、毎日発泡酒で晩酌してる編集者たちの食卓のお供がビールになったりとかするんだ……！ 露伴くん！ 君の〈映画化〉は浪漫なんだッて！」

「この岸辺露伴がァ――」

「金やちやほやされるために漫画を描いていないのは分かってるからァ――――ッ！」

「……セリフに割って入ったらダメだって分かんないかなぁ～～……」

この人は本当に漫画的なお約束とか守らないんだな……と露伴が思っているのにも構わず、白原は続ける。

「でもね！　……ブッちゃけてしまうけど、私は金やちやほやされるために編集者やってるからねッ！　〈岸辺露伴の漫画を映画にしたの私だぜ〉って、銀座のクラブでさ！　なんか積乱雲みたいな髪型した女の子たちに自慢するために生きてるからねッ！　君が何と言ってもそれが男の〈浪漫〉だからッ！　ロ・マ・ン・スゥ〜〜〜〜〜〜〜〜ッ！」

「ハァア〜〜〜〜……」

露伴はいよいよ我慢できなくなって、大きくため息をついた。

そう言いきってしまうのはある意味見上げた根性だし、実際、露伴としても十六歳から長年漫画家をやってきて、利益至上主義の編集者が悪いものでないことも分かっていた。特に作者が芸術家気質のときは「ちゃちゃちゃっと仕事して儲けようぜ」というタイプの編集者の方がバランスも取れるし、あんまり作風に突っ込まれなくもなる……。

そういう大人の部分の思考を働かせて、露伴は答えた。

「……〈映画〉ってのは〈テロップ〉入りますか？　〈この物語はフィクションです〉とか、〈危険なので真似をしないでください〉とか、〈残ったぶんはスタッフが後で美味《おい》しく頂きました。食べ物を残すと目が腐って死にます〉とか……〈色々な都合でこのキャラクターは原作と性別を変えて、顔が良いだけのタレントの女の子を使いました〉とか」

「……？　まぁ、あまり見たことはないよねぇ」

「僕の漫画はハッキリ言って表現的には〈バイオレンス〉だ。そうすることで生まれるスリルを描いているが、そこには扱った題材に対する〈尊敬〉と〈畏怖《いふ》〉の気持ちが籠《こ》もっている。血しぶきとか生々しい描写だって、そこから逃げないための表現だ」

「大丈夫ッ！　露伴くん、大丈夫だよ。〈映倫〉にはレギュレーションがある……君の漫画ならＰＧ12にすれば大丈夫……オールオッケーなんだよ……」

露伴はゆっくりと窓の外へ目を向けた。

色褪《いろあ》せ始めた植え込みの彩《いろどり》が、秋の訪れを教えている。この杜王グランドホテルのレストランは、白原と仕事をしていた当時も来たことがある。あの頃、外の植え込みの色は、もっと青かった気がする。

露伴も大人だ。二十七歳。責任を自覚せずにはいられない年齢。

そして白原も歳を取った。オールバックの髪に増えた白髪は、こんな調子ではあっても、彼が企業人として身を粉にしてきたことを表していた。いつだって売上と出世を考える白原だったが、担当作家には頻繁に御馳走するし、描くから資料を集めてくれと言えば、二日とかからなかった。彼は金に執心していたが、仕事には熱心な男だった。

「……繰り返すけど、白原さんには感謝してるんです……そこはマジで言ってる。当時はネームにケチつけられてインク瓶投げたりしましたけどね」

「露伴くん、肩強かったよねェェ〜〜……手首のスナップも。プロのピッチャーもかくやってカンジだった。野球漫画とかいけたんじゃあないの？」

「経験になったとは思う。僕にとって〈ピンクダークの少年〉は〈ライフワーク〉で……人生をかけて描くに値する世界。だからこそ逆に、当時、僕の執筆スピードを見込んで、隔週で別の漫画も描かないかと誘ってくれたこと、感謝している……」

「ンフフ……」

「今回……その、改めて〈映画化〉しようっていう短期連載、〈異人館の紳士〉を描けたのは、僕にとっても貴重な体験だった。思い入れだってある。だからこそ〈新装版〉も〈描きおろし〉も承諾したのだから……」

そのタイトルを露伴の口から聞くと、白原は初めて、表情からいやらしい毒気を消した。利益至上主義ではある。それでも、白原端午は編集者だ。担当した作品への思い入れというものは、当然あった。

「いや、ホント……企画しておいて、途中で担当替えになったこと、私も心残りだったんだよ……」

白原は当時を懐かしむように、もう随分広くなってきた額をぴしゃりと叩いた。編集長に上り詰めるまで重ねてきたストレス。そしてさらなる昇進のために、今もう一つ実績を作っておきたいという焦りの生むストレス。そういうものが広げた額だった。

「ずっと私が担当していれば〈ピンクダークの少年〉と並ぶ、岸辺露伴の二枚看板と言える長期連載にできたと思うのだがね……そうすれば私もあと三年は早く編集長になれただろうね………んん～～～～？　………あれッ⁉」

わざとらしく思い出したように、白原は目を見開いた。

まったく静かに食事とかできないんだろうなこの人は、と思いながらも、露伴は片目を閉じてその姿を眺める。ウェイターがちらちらこちらを見てくる視線が、少しいたたまれなくなってくる。

「あれッ！　あれェェ～ッ⁉　でも露伴くん……〈異人館の紳士〉の〈テレビドラマ化〉の話はさぁ！　頷《うなず》いたよね、七年くらい前ッ！」

知っているくせに、と露伴は眉をひそめた。一方、白原は肥えた腹をテーブルに食い込ませるくらい身を乗り出して、言葉を繰り返した。もう説得のために縋《すが》れる要素はそれしかない、と言わんばかりの勢いだった。

「君はあの作品の〈実写化〉には既に頷いていたッ！」

「……ああ。確かに頷きましたよ。そして二度と頷くまいと決めた」

「どーしてェ～～～～ッ！」

やるせなさを表現しすぎて、上に向けていた両掌《りょうて》を握りしめた白原は、気づくとファイティングポーズのような姿勢を取っていた。デスクワークの弊害と不摂生をため込んだ白原の体型はダルマのようで、そのポーズは何かのマスコットのようでもあった。

しばし息を荒らげた白原は、グラスの水をグビッと飲み干し、熱を持ち始めた体を少し落ち着けると、幾分かトーンを落として質問した。

「じゃあ、逆に聞くけれどね……当時はどうしてOKしようと思ったんだ？　当時、私に代わって担当をしていた梨崎《なしざき》くんが、私より説得が上手だったとは思えない……君だってそのときは〈実写化〉に浪漫を感じたんだろうッ⁉」

「……根本的な認識の違いを正させていただくが……」

露伴は、ヘアバンドをした額を軽く親指と中指で押さえながら答えた。

「当時、僕はまだ未熟だったし……いつだって〈引出しにはネタが一杯で迷っちゃうなあ〉なんてことはないものなんだ……。人間だからな、たまにマジでネタがないときってのがある。編集者の白原さんには分からないのかもしれないが……作家に〈インスピレーションが降ってくる〉なんてこと、そうそうありはしない。……断言するが、散歩してたら隕石が直撃するくらい、ない。いつだって〈描くことがなくなっちまったら〉って不安でいっぱいの生き物なんだ」

そして露伴は大きく、深く息を吸った。

これから先の言葉は長くなる。それを言いきる一息のために、いっぱいに肺を膨らませて、舌を回し始めた。

「だから――作家ってのはさぁ～～……靴をすり減らして〈取材〉して、生きてる限りネタを追い求める生き物なんだ……。ときには目が皿になるほど本を読んで、鼻で笑っちまいそうなネットの書き込みだって、少しでも〈もしかしたらネタになるかもしれないぞ〉と思ったら、調べに行ってしまうんだよ……。東で〈夜の海に幽霊が出る〉なんて聞けばライト片手に探しに行って、単なる不法投棄の現場だったりさ。西で〈食べた人間に霊感を与えるキノコがある〉なんて聞いたら採りに行って、結局毒キノコで死にかけたりもするさ。それでも、どーにかこーにかネタになりそうな面白い話に出会ったりもして、そういうときはそういうときで、〈本当にヤバいヤツ〉だからな。山の妖怪に取り憑《つ》かれたり、アワビに殺されかけたりして……そうやって、やっと面白いネタ摑《つか》んでも〈こんなネタ、どうだい？〉って言ってみたら、編集者に軽く〈とりあえず、おかわり〉みたいな声音《こわね》で〈それはそーと、それとは別にもう一本書きません？〉なんて言われたりするんだ」

「…………それ、途中、何か混ざっただろう？　マジで根に持ってる感じのくだりが」

「そういうわけで――」

露伴は白原の問いをスルーした。

「――作家は家売って山買ったり、夏の海に飛び込んでアワビ盗んだりしたって……ときには〈悪魔に魂を売ったっていい〉って思えるくらい……喉《のど》から手が出るほど、常に〈ネタ〉が欲しいものなんだ。告白するけど……実は、こないだ、描きおろしの打ち合わせが中止になった日も、納得いく〈ネタ〉探してる最中だったしな……あの〈天気雨〉の日……」

「えっ、そーなのォ⁉　じゃあどこで〈電気食べる虫〉の話とか見つけてきたんだい？」

「電車事故が……いや、それは今、置いとこう。話が電車より脱線する」

そして、ここからが本題だった。

「そして当時……僕はどうしても〈撮影現場の取材〉がしたかった……。あの年、僕は自分でも〈この機を逃したくない〉というくらい、筆がノり続けていて……面白さを追求しようという気持ちに際限がなくなっている時期があった……若かったしな……。天変地異の干ばつのように、飢え、渇けば、一滴の潤いのために魂を売りたくなることだってある、そして――」

露伴は、眉間に深い皺を作る。

「――実際、一度魂を売ってしまった。人間だからな……人生で一度くらいは、魔が差すってこともあったかもだ。……当時、僕の漫画は〈撮影現場〉を舞台にしたエピソードを描いていたが……ディレクターやスタッフといった個人は上手《うま》く描けても、〈空気感〉の描写に納得がいってなかった……。〈環境〉だって生き物だからな。実物を知らないと、生々しさが足りない……」

「……露伴くん、何の話だい……？　……君は、まさか……」

「そうです、白原さん。当時、僕は〈撮影現場〉という閉鎖的環境の〈取材〉をしたいがために、〈異人館の紳士〉のドラマ化に頷いた」

「ハァ?」

まさに〈ぽかん〉とした顔を、白原は浮かべてしまっていた。そのくらい、露伴の話は、白原の常識を超えているものだった。

「えッ! ……つまり……露伴くん。あれは君にとってはあくまで、〈実写化〉という成果でなく……〈取材〉の一環でしかなかったと? 自分の作品を〈実写化〉させることで、その企画に終始関わって……〈取材〉していたっていうのか?」

「そう言っているんです」

迷いなく答える露伴に、白原はすっかり、呆気《あっけ》にとられてしまった。

自作が実写ドラマになることを、漫画を描くための経験や材料として割りきってしまう人間がいるなど、流石に想像を超えていた。それでは白原と話が噛み合うはずもない。

しかし一方で、白原は「岸辺露伴とはこういう人間だよなぁ」という、妙な納得も覚えていた。

「でも露伴くん、それは普通に、別の撮影現場に取材を申し込めばよかったんじゃあないのォ……? わざわざ自分の作品でやらなくってもさぁ」

「他人の原作や脚本を使った撮影現場をネタにするのは、根っこのところに、他人の創作観が混じりかねない。だいいち、自分が〈原作者〉になるって貴重な経験をする機会だったからな……ただ、結果として僕は、自分の描いた漫画を、他人の手に預けてしまったんだ。…………そして、得たのは結局〈ネタ〉と〈教訓〉だった」

「……〈教訓〉……って」

白原の広い額の奥に、当時の記憶が巡る。

ネットニュース、新聞、SNS……センセーショナルな見出しで飛び交った情報の数々。

白原は震える指で、露伴をさした。

「まさか……君、〈あの事故〉のことを気にしているのか？　あのとき、〈異人館の紳士〉のドラマ撮影が中止になった、〈あの事故〉のこと……」

「気にしているって言い方は間違いだが……〈教訓〉は得た、と思っているんです」

「あれは〈事故〉だろッ！」

白原は思わず、椅子から腰を上げた。

その声には、必死さが滲《にじ》んでいた。白原自身、〈あの事故〉について露伴が気に病んでいるのではないか……という懸念はあった。しかし、年月が過ぎ、既にほとぼりは覚めたと、白原はそう考えてもいた。むしろ撮影中止になった実写版のリベンジ。〈逆にこれで話題を作れたらオイシイぞ〉と、そういう強《したた》かな目論見もあった。

だからこそ、白原はそこからが説得の本番だと思った。

「残暑の撮影でスタッフが体調管理を怠って起きた、杜撰《ずさん》な事故！ あんなことそうそう起きるもんじゃあないんだよ？ むしろリベンジすべきッ！ そりゃあ、嫌な思い出かもしれないけれど……あれは君の漫画のせいじゃあないッ！」

しかし、露伴はハッキリと断言した。

「〈事故〉じゃあない」

「……なんだって？」

「アレはハッキリ言って、〈異人館の紳士〉が原因で起きたことだ。そして……別に僕は〈実写化〉というものが嫌いだから言っているんじゃあない。そこのところは分かってほしい……。誓って言う。これは漫画が上とか映画が上とか、そーゆー話をしているんでもない。ずっとあの漫画の〈危険性〉の話をしているんだ……。白原さん、あの漫画には、軽々しく人に扱わせてはならない〈ネタ〉が混じっていたんだよ」

白原は、睫毛《まつげ》の短い瞼《まぶた》をしきりに瞬《また》かせた。

露伴は別に、脅しているわけではなかった。ただ起きた〈事実〉と〈教訓〉を、覚えており……それを白原に告げているだけ。火遊びをすると火傷をするとか、そういう当然の〈教訓〉の話をした。

「白原さん……漫画は僕の作品だが、世に出していくのは編集者だ。あなたは〈異人館の紳士〉の初期の担当編集……だから思い入れがあって、自分の手でもう一度……ってリベンジ精神にはグッとこないこともないんだ。だからこそ知っておく権利もあるし、義務もある……。〈映画化〉を推し進めるよりも大事なことだ。……あれは起こるべくして起こったことだった」

「……露伴くん、君、何が言いたいんだい？」

白原端午はそう言って、引きつったように笑ってみせた。

「大事なことだ……当時のニュースの見出しを借りて言うが——」

岸辺露伴は、嗤《わら》わない。

「——〈異人館の悲劇〉は〈事故〉じゃあない。〈祟《たた》り〉だ」


おおよそ、七年ほど前。

その年の秋は、まだ夏の名残《なごり》のような暑さが残っていて、朝のニュース番組などでは、熱中症への注意を呼びかける声が多かった。

テレビドラマ〈異人館の紳士〉のロケ地に選ばれたのは、西日本のとある県にある、静かな海沿いの土地。杜王町に比べれば残暑もきつく、潮風がべっとりと肌に粘りつく土地だった。高い建物のない空の広い町で、大和朝廷の時代より、蝦夷《えぞ》に備えて狼煙《のろし》を観測する拠点であった……そんな歴史がある。

その海岸線に面する大きな道路に沿った崖の上に、町の景観から堂々と浮いた一軒の大きな洋館があった。

鰤《ぶり》漁で成功したとある家の当主が、老後を過ごすために趣味で建てたらしいのだが、その当主が病死して以後は一族の誰も使うことなく、放置されていた建物だった。

〈異人館の紳士〉は、古い洋館〈異人館〉の管理を任された主人公が、そこに住み着いたり訪れたりする怪異たちと遭遇し、個別のエピソードを辿っていくオムニバス。

その洋館の大広間の出窓から、群青の海を臨む景色が作中の〈異人館〉のイメージに近く、露伴も納得してメインのロケ地に決まった。

「……やっぱり、蒸し暑いな……秋だっていうのに……」

吹き込む海風を浴びながらも、さほど汗は引いてくれない。露伴は杜王町が涼しい地方であることを、文字通りに肌で実感していた。

ロケが始まってから、もう三話分の撮影が終わっていた。

日々、新たなセットが運び込まれてゆく洋館。

テレビカメラを担ぐスタッフたちの中に、自前のカメラを携えた露伴の姿もあった。プロのカメラマンとは違うが、撮影現場でカメラを構え撮影する経験は、間違いなく普段では得られないものだった。

このドラマ化における露伴の目的はあくまで、ドラマの撮影現場やテレビスタッフという普段はそうそう踏み込めない、閉鎖的な環境の〈取材〉にあった。

ドラマ化というトロフィー自体にはぜんぜん興味がなかったし、当時から露伴としては自分の漫画は作品として、それだけで完成していると思っていた。

ただ、ドラマの原作者になるという経験、そして撮影現場に身を置くという経験から、得るものを探したかった。

結論から言えば……その目論見自体は成功だった。

ドラマの撮影現場というのは、日常からはかけ離れた独特の空間であって、スタッフや役者たちの生きる世界は、それ自体が〈業界〉という名の〈異世界〉だった。

業界人というのは、内輪のことに対しては非常に秘匿《ひとく》的だ。もちろん、〈ヘブンズ・ドアー〉を使えば、普段聞けないようなエピソードだって丸裸にできるが、そういったものから得られるのは、あくまで個人単位の経験でしかない。その点、実際に〈現場〉に入り、そこで働く人々に間近で話を聞くことは、作家の心に水源を掘り当てたような潤いを与える経験だった。

スタッフたちには、映像という虚構世界を扱う側の人間であるという自負があった。

誰もが〈一秒〉という時間の価値を知っていたし、常に次の次を見て動かねばならない空間だった。せわしなく行き来するスタッフたちの姿は、体内で活動する細胞の一個一個を見ているようでもあり、交わされる独特の業界用語は、そういう彼らが一つの組織として動くために発達したものだと理解できた。

その特殊環境が与える刺激は常に新鮮であり、露伴は取材を開始してから既に、大学ノート四冊分のネームを書き溜めていた。

「露伴先生」

かけられた声は、既になじみのあるものだった。編集部からの紹介で受けた電話のときから、その男はいつもエネルギーに溢《あふ》れた、ハリのある声をしていた。

「……北本《きたもと》さん、どうも」

「どうですかァァ〜〜〜、現場の雰囲気だとか……もう慣れましたか」

今回のドラマ撮影を企画したプロデューサー兼ディレクター北本壮介《そうすけ》は、それまでに幾つものドラマを手がけてきたベテランで、普段は夏場のホラー系ドラマを得意とする、業界でも有名な男だった。

年の頃は四十後半で、しかし年齢を感じさせないやけに艶のある黒々とした肌と白い歯が生命力に溢れていた。野心と向上心に満ち溢れた顔立ちで、露伴に声をかけながらも現場スタッフに向ける目は鋭く光らせていた。

露伴は軽く会釈すると、一応丁寧語で話を始めた。

「おかげさまで……北本さん。正直、興味深いことばかりです。関わろうと思わなければ、こんなにも知らないことばかりなのか？　という驚きに満ちている……。テレビなんて、見てるだけの人間からしてみれば、画面の向こう側の世界で……プロデューサーとディレクターの違いや、ディレクターそのものがアシスタントやアート、チーフなんて細かく分かれてるとか分からないまま、ってことが多いですからね……」

「それは良かった。私個人としても、露伴先生の漫画は大好きですからねェェ〜〜。どうぞ、存分に取材していってください。そういう条件ですからね……。おォォーいッ！　そのセット今日要《い》らねーつったよなァ――――ッ！　……オホン。今日も遠慮なく、ゆっくりしていってくださいねぇぇ〜〜〜」

「……じゃあ遠慮なく……」

　合間にスタッフを叱りつける北本に、少々居心地の悪さを感じる露伴だったが、取材ということなので、遠慮なく質問を始めた。

「あの、〈サードＡＤ〉の彼が、しょっちゅう頭を叩かれながら用意をせがまれてる〈コーバン〉ってのは何ですか？　あまり外で聞いたことないですけど……すごく必死にせがまれている。とても大事なもののように思えるが……」

　露伴が指さした方向では、小太りのＡＤが他のディレクターの指示であちこち走り回っていた。どうやら彼は現場でも相当に忙しい方らしく、いつも困った顔をしていた。

　北本はサングラスの角度を直しながら、答えた。

「ああ〈香盤表《こうばんひょう》〉！ それはつまり〈スケジュール表〉ってことですよ。もともとは、歌舞伎の用語で……おい何度言やー──分かるんだぁぁ──っ！ そっちは古いホンだっつったろーがァァ────ッ！ 脳みそクソかテメ────ッ！ ……業界用語に興味があるのですか？ ここに来てからよく聞かれますが……」

「用語というのは、成り立ち一つとっても、その世界の事情が色々詰まってるものですからね……〈実景〉だとか〈消え物〉だとか……そーゆーのがいい。その世界で生きる人間にだけ息づいた用語にはリアリティがあると思う」

「片づけのことを〈わらう〉って言うとか？ ハハハハ」

「そーそー、そーゆーヤツ」

「なるほどハハハハハハ。テメーらは笑ってんじゃあねーぞォ──ッ！ 俺が先生と話してる間もキリキリ働けぇ────ッ！」

指さして頷く露伴に、北本もスタッフを指示しながらノリよく答えた。業界用語というのは説明する側はけっこう楽しいもので、北本もそういうことなら色々と教えたがっているようだった。その日は特に、積極的に話を振ったりもした。

「でも露伴先生……今まで教えたものはポピュラーなヤツです。インターネットで調べて出てくるようなもの……。でも映像業界でも、局によって内々の〈方言〉というのがあるんです。たとえば、今、私の使っていない〈アレ〉のことなんですが………」

そう言って、北本は撮影現場の中から〈とある物〉を指さしながら、露伴に囁《ささや》いた。

後から考えれば、それはサービス精神とかではなく、北本の後ろめたさから出た話題だったかもしれない。ともかくその時点では、露伴はただ興味深そうにしていた。

「へぇ……〈アレ〉をそーゆーふうに呼ぶのか……変わった呼び名だな。由来とかは？」

「もともと、一部の放送局の文化ですが……サブスタジオにあるものを、そう呼ぶことがあったんです。〈死刑〉を待つような気持ちってことでしょうかね……古い揶揄《やゆ》表現で、業界でも一般的じゃあないですけどね……今でも専門学校の用語集なんかには、載せてるところもあるんです」

「へー、物騒な用語だなァ〜〜……でも漫画家や出版業界で、〈締め切り〉のことを〈デッド〉なんて呼ぶようなカンジかもな……」

「どこも同じ、責任がある立場とゆーのは、死ぬくらいの〈覚悟〉が必要だってことです……。局の期待、スポンサーの予算、視聴者の反応、数字……今なら私も〈アレ〉をそう呼ぶ気持ちは分かるし、ウチのスタッフも、私用に用意された〈アレ〉だけはそう呼ぶんです。……要は〈あいつ死なねーかなァ——ッ！〉って陰口なんでしょうが……」

オホン、と咳ばらいをしつつ、北本はスタッフの方を一瞥《いちべつ》した。何名かのスタッフが、北本の方へ視線を向けていたようだが、それを受けて目を背《そむ》けた。北本はそれを確認すると、胸を張って話を続けた。

「まあ私としては当然、この命に代えても現場を投げ出さない……そういう覚悟なんですがね……。なかなか理解してもらえないもので……」

「……なるほどな……監督とかの仕事も大変だ……。でも勉強になる。僕はそういう話を聞きたくて、このドラマ化を承諾したんですからね……」

露伴は目を細めて、現場を眺めた。漫画家だって、締め切り、ページ数、発行部数、シビアな数字の中で生きている。しかし映像の業界に生きている者たちにとって、それらはシビアな数字の中で生きている。それはおそらく、映像というものはリアルタイムに強く紐づいたものであって、それを大勢が共有していることによるものだからだろう。

そういう業界のシビアさを感じながらも、露伴は疑問に思うことがあった。

「でも北本さん……貴方《あなた》は〈プログラムディレクター〉ですよね？　プロデュース兼任の……製作の指揮とか、現場の管理とか、そーゆーことを統括する立場ですよね？」

「ええ、そうですよ」

「じゃあ……〈香盤〉ってのが〈スケジュール表〉なら、製作の指揮を執る人間が管理するものじゃあないんですか？　……スタッフは〈香盤〉の確認をあのＡＤにやらせている。スゴく焦ってやらせているようだ……ＡＤの彼は戸惑ってる」

「……確かに大本は私が用意するものです。でも、ウチの現場では、当日の細かい管理を任されるのはＡＤ……映画の世界でも〈助監督〉なんてのはそういうものです。特にＡＤ

にも、セカンドとかサードとかあって……サードってのはたいてい、ああやって死ぬような目とかに遭うものなんです」

「貴方がやればもっとスムーズに済むんじゃあないか？　と、そう聞いているんです。僕の質問に、熱心に答えてくれるのはとても助かる。だが、純粋に聞きたい。あれは必要なことなのか？　あれでドラマが〈良くなる〉やり方なのか？」

「……露伴先生。縦社会では必要なこともある……。あのＡＤは、もともと役者を目指していて、色々挫折して……ああいう形で映像業界に残った人間。……まだどこか〈自分の居場所と違うんじゃあないか〉と思っている節がある……。そーゆー甘えた感覚は、早めに矯正した方がいい。露伴先生も、アシスタントとか雇えばきっと、同じことを考えると思います……〈プロダクション〉になれば……」

「………フーン……そーゆーものか……。まあ、僕はやっぱりアシスタントを使うのは向いてない、ってことは理解できた……おそらくだが……」

アシスタントのいない露伴には、アシスタントディレクターと呼ばれる役職のそういった機微は分からないところがある。まあ、そこには組織なりの上下関係であったり、暗黙の伝統というものがあったりするのだろう。

閉鎖された業界ほど封建的なものであるから、上下関係のキツさが向上心を生み出したりするのかもしれないが、露伴には関係のないことだった。

北本は話を仕切り直すように、腕時計に目を落とした。

「どうですか、露伴先生。いつも食事は仕出しですが、この近くにランチメニューでカレーが美味しい焼き肉屋とかあるんです。せっかく露伴先生が来ているのだから、撮影が一段落したら、今日はそちらで……。その前に、ご質問とかあればなんなりと」

「……それじゃあ、あの新しく持ってきた道具は何に使うのか、とか……それと、この床のテープの意味とか……あっ、あとはこの道具をこんな名前で呼ぶ由来なんてのも知りたいなァ――――」

「ああ、はいはい、なんなりとどうぞどうぞ……」

北本が答えるたび、露伴はサッとメモ帳に情報を書き記していく。

コクヨのポケットメモは、もう殆どのページが書き込みで真っ黒になっていて、露伴は既に何冊も替えを用意していた。いちいちモレスキンの手帳を使っていたのでは、買い替えが追いつかないだけの情報量が、毎日毎日得られていて、それはホテルに帰ってから再整理され、形を持った具体的なインスピレーションへと昇華されていく。

ペンの走り終えたメモ帳をパタンと閉じると、露伴は顔を上げ、北本を見つめた。

「勉強させていただいた。ドラマの撮影ってものが、こんなに大勢の人間が関わって、一つの〈世界〉を共有しているとは思わなかった……〈取材〉に来た甲斐《かい》はありましたよ」

「恐縮です」

「それに…………テレビ越しに見ても分からないこと、ってのは、本当にたくさんあるみたいだしな……」

「……?」

そう言って、露伴は意味ありげに部屋の隅へ視線を投げた。北本もつられて視線を追い、その意図を察した。

現場の一角を陣取り、せわしなく動き回るスタッフたちの中で、まるで貴族のように優雅に座っている人物がいた。

主役である〈異人館の紳士〉を演じることとなった、俳優の國枝原登《くにえだはらと》だった。ノーザンプロ所属のアイドル畑から出てきた人物だったが、その甘いマスクと天性の演技のセンスがあって、実力派若手として評価を受けていた。

テレビのバラエティ番組や雑誌で見る國枝は、気さくで謙虚な好青年というキャラクターだったが、露伴の目に映る撮影現場の國枝は、まるで貴族のご子息が下町見学に来たような横柄《おうへい》さを纏《まと》っていた。ただ、露伴がキャスト決定に頷くだけあって演技力は確かであり、その気位の高さも、役者としての自負故のものだろうと感じられた。

國枝はオリーブドラブの折り畳み椅子に腰かけ、働きアリのようにせかせかと動くスタッフたちを眺めながら、ラベルを剝《は》がしたペットボトルの封を開けて、直接口をつけた。色は無色透明で、どうやらミネラルウォーターのようだった。

しかし傾けたペットボトルの中身が唇に触れると、國枝はその手を下ろした。

「おい」

その短い発声で、まるで空気が固まったように、ピリッとしたものがその場に走った。

國枝の「おい」の声音一つ読み違えれば、大変なことになるというのは、スタッフの誰もが分かっていた。たいてい、その声はマネージャーにかけられるものだったが、そのときは誰を呼んでいるのかも、スタッフはだいたい分かっていた。

直前に國枝にペットボトルを渡したのは、太った若手のADだった。

「ADくん」

「……は、はい……」

「おぉぉ～～い、エぇぇ～～デぃぃ～～～くぅぅ～～～～～ん……こっちだよ、こっち……」

呼ばれたADは、おずおずと國枝に近寄っていく。既に、顔色は青くなり始めていた。

傍《そば》までADが寄ってくると、軽く手で示して、頭を下げるように促した。

指示されるままに頭を下げると、そのADの頭を、國枝はペットボトルで軽く叩いた。

ポクッ、と、木魚のような音がした。それは現場の空気を凍りつかせる音でもあった。

「分かってんのか？」

「えっ」

ポクッ、ポクッ、何度か音が響く。

それほど痛いというわけではなさそうだが、見ていて気持ちのよい光景ではなかった。

「〈質問〉しているんだよ……ADが〈主演〉をナメるってことの意味と、その影響の大きさを……きみは分かってそういうことをやってんのか……？　と……そう質問しているんだ………理解できたか？」

「あ……えぇぇ～～～～っと……」

「別に因縁《いんねん》つけてるってわけじゃあないんだ。ただ……俺は現場における、自分の存在の大きさを理解しているし……だからこそ業界人の教育に貢献したい……と、常にそう思ってる……。君にこうやってるのも、別に嫌がらせってわけじゃあないんだ……だから〈質問〉なんだ。なあ………きみ……分かってやってんのか？」

呼び止められたADは、既に涙目になっていた。緊張で滲んだ汗が肌をじっとり濡らして、目はきょろきょろとあちこちに泳いでいた。國枝はそんな様子を見てもなお、〈質問〉の手を緩めはしなかった。

「もう一度聞く。分かってんのか？」

「すッ…………スミませんでしたァ────────ッ！」

バコンッ。

一際大きな音が響いた。今度は中身入りのペットボトルを振りかぶって叩き下ろした、鈍い殴打の音だった。

「〈答え〉になってねえェェ──だろこのブタがぁぁ────────ッ！」

國枝はＡＤの襟《えり》を摑んで引き寄せ、そのままヘッドロックの姿勢に移行した。耳元にしっかりと声が届き、簡単には逃げられない。

「テメェェ────やっぱナメてんなッ！　俺のことをナメてんだなッ！　俺は〈質問〉しているんだ……〈質問〉の答えが〈スミマせん〉だってブタの学校で教えてもらったのか？　ブタの業界じゃあそれで正解かッ⁉　ボゲッ！」

「うっ、ぐッ、す、スミませっ」

「また〈謝った〉………意味の分からない〈謝罪〉は〈逃げ〉だ。悔い改めていない。とりあえず許してもらおうって、〈ナァナァ〉にしたい気持ちの現れだよなぁぁ〜〜〜〜……お前らブタ同士の挨拶ならブーブー意味ねー鳴き声同士オーケーだが、人間様の質問が意味なく済むと思ってギョーカイ生きてんのかッ？　どーだッ⁉　オイッ！」

「ぐっ……うっ、うう……うぅぅう〜〜……」

「泣くなよ。いいか、もう一度だけ人間の言葉で〈質問〉してやる……………俺はどうしてお前みたいなブタにキレているんだ？　分かってるか？」

「……分かりませェェ────んッ！」

「おめーが買ってきた〈硬水〉を飲んじまったからだろうがァァ──────────ッ！」

ゴシャ────と、今度はもっと痛そうな音がした。

國枝の振り回したペットボトルが、ハンマーのようにＡＤを叩き飛ばした。殴られたＡＤは幸いにも高そうな機材は避けたものの、衣装箱の一つを盛大にひっくり返しながら床に転がっていった。

「グッ……グフッ……は、鼻ッ！　鼻血ッ！　血が出ているッ……鼻から……！」

「〈鼻血〉より〈水〉だろボケがッ！　てめーマジ分かってんのかァ――――ッ⁉」

キレた國枝は折り畳み椅子から立ち上がると、ＡＤをサッカーボールのように蹴《け》り始める。その様子を、スタッフの誰も止めることができなかった。こうなってしまった國枝は止まらないし……誰にも止める権利はなかった。

露伴にも、不快感はあった。普段ならば流石に國枝の行いに口出ししていただろう。

しかし、あくまで〈環境〉の取材なのだ。これが〈撮影現場の環境〉というのなら……ましてスタッフの最高責任者である北本すら止めないのなら、この現場においてはそれが自然なことなのだろう。

もっとも、気持ちのよい光景でないこと自体は、確かだった。けれど上下関係や理不尽、その〈気持ちよくなさ〉に口を挟んでしまうことは、この環境に自分の主張を混ぜ込んでしまうことになる。それでは自然な現場環境ではなくなってしまうし、リアルな現場の取材という自分の目的に対して、不純物になりかねなかった。

「俺の飲む〈水〉がてめーの流した血より尊い液体だってよォ――――ッ！　ソシャゲの

周回やらしてる〈ジャーマネ〉の代わりに〈水〉を買いに行かせてやった、大役の重さを分かってねーーんじゃあねーかッ⁉ ブタがッ！ 死ねッ！ いや死ぬなッ！ この業界でテメーの命がテメーのものだと思うなッ！ いいかッ！ 死んだら殺すぞッ！」

叫びながらも、國枝はなおも怒りは収まらぬとばかりに〈硬水〉が入っているらしき、その問題のペットボトルを床に叩きつける。ラグビーボールのように不規則に弾んだペットボトルに、若い女性のメイクスタッフが怯《おび》えていた。

「俺の喉は金の湧く喉だからな。それをどこの世界に〈硬水〉と〈軟水〉を間違えて買ってくる奴がいるんだ？ オイッ！」

「グ、フググ……」

「おお、なんだァ～～？ その反抗的な目はァァ～～？ 言いたいことがあるなら人間の言葉で言えよテメーーーーッ」

國枝の言う通り、そのADの目には、恐怖以外の光が宿っていた。ドロドロと渦巻くように煮詰まった不満があって、やがてそれはAD自身の口から、微かな反抗の言葉として形になった。

「く、國枝さん……アンタ、やっぱり俺のことが単純に嫌いなんだ……。だから俺の〈提案〉にも耳を貸さないで……北本さんもだ。〈衣装や小道具を自分で用意できるなら考えてやる〉って言ったのに、結局〈ないがしろ〉にしたッ！ アンタらは結局、俺に何の

〈役〉もやらせるつもりなんかないんだ……！」

「あたりめーだろボゲッ！　いいか、テメーには〈二度目〉だ……覚えてんのか？　俺が〈水〉に拘《こだわ》ってるって話をするのはもう〈二度目〉……覚えてなかったってことはよー……そんだけおめー自身、俳優を軽く見てるってことじゃあねーのかッ？」

國枝は一度、周囲に聞こえるように声を張り上げた。その言葉に対し、反論する人間もまた、誰もいなかった。

「甘く見てんだよおめーはよォ――、俺だって下積み時代はやってきたんだッ！〈パシリ〉すらできねーならテメーにできる〈役〉なんか、これっぽっちもねーッ！　それでもテメーが業界で働きてーって言うから〈コネ〉でADやらしてもらってんだろーがッ！　そんな奴が、実力で渡ってきた業界人と対等に扱われるわけがねーッ！〈やるべきこと〉も分かってねー奴が〈やりたいこと〉やれるわけねーんだッ！　分かったかブタッ！」

「……わ……分かりました……」

「ったくよォ――……叫ばすから喉がカラカラじゃあねえかァ～～～……。あ――……カラカラだァ――……」

ひとしきり言いたいことを言い終わると、國枝はやっと少し落ち着いた様子で、自分のマネージャーに声をかけた。

「ジャーマネちゃん、水」

「はァい」

呼ばれたマネージャーは、当然のようにクーラーバッグから水を取り出して渡し、國枝はそれを飲み始めた。

どうやら水のストック自体は最初からあったようで……スタッフたちの間には微妙な空気が流れたが、誰もそのＡＤを慰めたりとかはしなかった。ただ、陰口をひそひそ叩くばかりで、その陰口も國枝に対するものか、あのＡＤに対するものか分からない有様《ありさま》だった。

「………」

一部始終を、露伴は無言でじっと眺めていた。

そんな露伴に、北本は流石に少し気まずそうな様子で……視線を合わさぬよう、サングラスを拭きながらフォローを入れた。

「……露伴先生、ああいうものなんです。ヒいたりとかするかもしれないが……むしろ、ああじゃないといけない。〈スター〉は気位が高くて当たり前……。あれはどちらかと言えば、確認を怠って仕事をしたＡＤの方が悪い……」

露伴はそんな北本に向かって、少し目を細めてから、右腰に手を当てた姿勢で応えた。

ビジネスの場面ではあまり出てこないであろう、緊張感の崩れた仕草だった。

「……別に、カメラが回ってないときの俳優がどーゆー人間だろうと、僕に関係はない……。実際、カメラ越しには騙せているんだし……あれが本当に僕の漫画の〈主人公〉だったら、絶対に読者に好かれることはないと思うがな……」

事実、國枝原登という俳優の演技力に関して、露伴は疑ってはいなかった。

ここまでの撮影で、國枝はカメラが回り始めた瞬間、実によく〈異人館の紳士〉を演じてみせたし、指先まで気品のある所作、親指でこめかみを掻《か》くクセの再現、ふと沖を飛ぶウミネコを見つめたときの憂《うれ》い有る表情……それらは確かなものだった。

カメラに対し、漫画のコマを再現するような角度を意識した立ち回りも、台詞《せりふ》を読み上げたときのイントネーションも、漫画のキャラクターの深い背景を読み取って演じられているものだった。

國枝が役者として仕事に真剣であれば、普段の振る舞いは別の問題だ。

「だが、これは本心の言葉だ。彼の演技力はしっかり見せてもらった……だからそういう点に関しては、本当に心配はしていない。彼は同僚スタッフに対してはともかく、僕の原作については敬意をもって演じてくれている……。ファッションだとか、小指で小指を掻くクセとか、キャラクターとよく〈一体化〉してくれている……」

「露伴先生がそう言ってくれると、安心です」

「むしろ、僕が心配しているのは……北本さん。あんたの方だ」

「エッ」

急に矛先《ほこさき》が向いて、北本は呆気にとられた。

「北本さん……僕は今回の〈ドラマ化〉に条件を〈二つ〉つけていますよね。一つは、僕に好きなだけ撮影現場の取材を許可すること……これはドラマの撮影現場に対する純粋な興味もあるが……二つ目の条件を管理する、ってゆー意味合いもある……」

「……はぁ……」

「覚えてますか？　二つ目の条件……絶対に〈物語の筋を改変しない〉こと。僕の漫画を〈原作〉に使うのなら、〈ないがしろ〉にはしないこと……」

「……ええ。もちろん……覚えていますよ。とても……よく覚えている……。言ったはずです露伴先生、私は貴方の漫画のファン……原作を尊重する」

「マジな話をしてる。僕の漫画は常に〈リアリティ〉を大切にしてる……それは自分の脚で取材し、文献を調べたり、実際に自分が体験したり、歴史上で本当にあったこととかを元に描いたりしている、ってことだ……」

「……ええっと……どーゆーことが言いたいんです？」

「つまり、〈彼らは本当にいる〉ってことだが……貴方は分かっているのか？」

露伴は、國枝の口癖をわざとなぞるように言ってみせた。

そしてゆっくりと目の前に手をかざすと、人差し指から順番に、漫画を描く前の手の体操のように――一本ずつ、指折り、数え始めた。

「コオロギの声を聞くと、カメレオンに変身してしまう〈溝呂木《みぞろぎ》敏夫《としお》〉……深夜零時を境に、毎日体の一部が伸び続ける〈時計男〉……子供が怪獣の玩具に込めた妄想から生まれた〈カゲゴン〉……土地や物体を枯らす力を持つ、まつろわぬ民《たみ》の末裔《まつえい》〈オロボグ〉……抜けた毛髪が勝手に動く奇病を伝染させる〈排水溝壊し〉……使っても使っても増え続ける紙幣を押しつけてくる〈ミラグロマン〉……旧日本軍が作り出した、生物兵器の生き残り〈啞聶《あじょう》〉……異次元の部屋に六十年引きこもり続ける男〈真《ま》上徹《がみとおる》〉……」

それらは全て、短期連載〈異人館の紳士〉に登場し、そのヒーロー役たる〈紳士〉とかかわっていく、怪人たちの名前。露伴はそれらを数え上げて、問うた。

「〈異人館〉に住まう異人たちにはどれも〈モデル〉がある。僕が西から東まで、自分の足で〈取材〉して、集めてきたネタたち……表の世界では知られていないが、歴史が覚えている、確かに存在したものたち……本当にいる怪異たちだ。それを〈ないがしろ〉に扱うことの危険性を、あなたはちゃんと認識してるのか……？　僕は実のところ、それを監視しにきたんです……彼らを〈ないがしろ〉に扱ってはいないか、と……」

「露伴先生……何が言いたいんですか？」

そして、そこからが本題だった。

「キャストの一人に〈スキャンダル〉が起きましたよね……。〈薬物中毒〉……イタリアへの渡航中に麻薬を覚えて帰ってきたとか……」

「……ええ。ですが問題はありません。〈対処〉はできています」

北本の表情が変わった。今まで露伴に向けていたのは、営業的な笑顔が多くて、それに比べると今浮かべている顔の方が、業界人としての北本本来の顔だった。

その顔に向かって、露伴は真っすぐに語りかけた。

「芸能人の〈薬物中毒〉……このセンセーショナルな罪状は、近年よく耳にする。それによる放映自粛とかも……それは、〈薬物〉というものが依存性と拡散性を持つ危険物であって、それがタブーであることを強く知らしめねばならないからだ。喧嘩上等っていうヤンキー漫画やギャング漫画ですら〈ヤクの売人〉だけは絶対悪ってことなんだ」

「……」

「だが、この件について〈撮影中止〉とかは聞いていないないし、こうして製作は順調に続いている…………。……さっき怒鳴っていたが、〈古いホン〉とは何の話だ？　僕は脚本の変更とかも聞いていない……。それに、あのＡＤが言っていた〈提案〉ってのもだ。彼は一体何についての〈提案〉をしていたんだ？」

「露伴先生、落ち着いてください……」

「いいか、これは最初から〈危険性〉の話だ。北本さん。貴方はこの原作の〈危険性〉について、ちゃんと理解しているのか？」

「…………露伴先生……」

北本は目を細め、見下ろすように顎《あご》を上げた。

そちらがおそらく北本の素顔であることは、露伴にもよく分かった。露伴に応える北本の声は、一オクターブほど下がっていた。

「何も問題はないからです。確かに〈スキャンダル〉には参ったけれど……何も問題はない。……私は〈ディレクター〉でもあるが、〈プロデューサー〉でもあるから問題なかったことにできる……。言ったはずです。命に代えても、この現場は投げ出さない……〈異人館の紳士〉は必ず撮りきる。〈撮影中止〉だけは絶対にない」

業界用語の話題などを出していたときとは、まったく空気が変わっていた。

近い距離でにらみ合うその険しい光景は、表現者である漫画家と、ビジネスマンたるプロデューサーの、二人本来の顔によるにらみ合いだった。

「〈覚悟〉は買う……だが……いいか、北本さん。撮影を続けるのなら、キャラやエピソードの〈カット〉は絶対にするな。……多少のセリフのカットとかはいい。だがストーリーの本質を〈ないがしろ〉にするのはダメだ。これは今回原作者である僕の意志でもあるし、責任でもある……僕の漫画を原作に使うのなら、描かれていることは描ききるんだ。彼らを軽んじたり、〈ないがしろ〉にするとかは、絶対にするな」

「…………〈約束〉しますよ、露伴先生。言ったでしょう、一応これでも、先生の漫画のファンではあるんでね。…………でも勘違いしてはいけない。〈撮影現場〉を背負っているのは私……この企画には既に、スポンサーとか、視聴率への期待とか……色々な〈数字〉が絡んできてる。選択肢には〈失敗する〉はない……必ず完成させ、〈成功〉させる……。そうすることに対しては、たとえ原作者でももう止められない」

「そうだな……。僕は自分の漫画の使用を認めたことを後悔しつつあるが、動きだした流れというのは、止められないところまで来ているのだろうし……せいぜい、僕と貴方が認識している〈問題〉が、同じ〈問題〉であることを祈りますよ……」

「どんな〈問題〉が起きても〈問題にならない〉。そういうことですよ……たとえ嵐が来ようが強盗が入ろうが、私は撮影を続行します」

それだけ言うと、北本は露伴に背を向け、スタッフのもとに向かった。

北本がスタッフたちの輪に加わると、その場で一体になっていく空気の中で、露伴だけが外から来たものとして取り残されたようだった。

空には雲がかかり始めていたが、現場は相変わらず蒸し暑かった。

微かに、喉の渇きを覚えていた。露伴はこういうときに、硬水だの軟水だのが気になる繊細さを漫画に活かせないかと考えながら、撮影の様子を見守っていた。


「カットォォ————————ッ！　オーケーオーケーよ國枝ちゃんッ！」

雲越しの太陽が、その日の熱さをピークに持ってきたころ、北本のよく通るその声で、撮影はようやく休憩に入った。

撮影を終えると、國枝はスイッチを切るように表情と立ち居振る舞いを切り替えた。そのオンオフの徹底っぷりは、露伴から見ても大したものだと思えた。

「あ————っつゥ————！　空調なんとかなんないんスかねェ——北本さぁぁ〜〜〜ん。これ死人出るんじゃないのぉぉ————？」

「ゴメンネ國枝ちゃぁぁ〜〜〜ん。反省ッ！　〈軟水〉飲んでもーちょい我慢してッ！　ほら、レモンの味のヤツ用意したから！　ほんのり酸っぱい味ッ！」

「あざまァ————す」

折り畳み椅子に座った國枝は、ゴクゴクと喉を鳴らして水分を補給していく。そっちの椅子はディレクター用の物であったが、誰も國枝に文句は言わなかった。横柄さが許されているのは、売れっ子故の権力もあるのだろうが、俳優としての実力が根底にあることも、誰も否定はできなかった。

「ああ〜〜〜マジで喉カラッカラ……。叫ぶ感じのセリフ多いからな……カラッカラなんだよなァァ————」

ぐびぐびと美味しそうに水を飲む國枝は割と上機嫌で、よい調子で演技ができたが故のものだった。國枝の機嫌がいいことを確かめると、北本は露伴のもとへとやってきた。

「どうでしたか、露伴先生。撮影……」

「ああ……クオリティコントロールはぜんぜん文句ない。この回は率直に放映が楽しみって言えますよ。……原作で言う〈六話〉の撮影だったようですが……」

「ええ、ええ、もっ、ほんっと、國枝くんの演技がハマってますからねぇぇ――……ヒロイン役のナッキーも！　ほらッ、ハマり役ッ」

「あのへんのキャスティングは流石です。僕もナッキー好きだしな……」

相槌《あいづち》を打ちながら、露伴は現場に持ち込まれたクーラーボックスから、スポーツドリンクを一本もらって口をつけた。とにかく、夏の名残が現場を苛《さいな》んでいた。國枝が水のことでカリカリする気持ちが分からなくもない、という程度には、喉の渇きを覚えていた。

見れば、スタッフたちもこまめに水分補給を行っていた。やはり全員、暑いのだろう。ただでさえ気温が高いのに、撮影スタッフは照明を使ったりもするわけで、傍から見ている露伴も、自分より辛い状況だろうということは感じていた。ただ、海風は先ほどよりも乾いていて、まとわりつくような不快感が減っているのだけは助けだった。

露伴はなんとなく、國枝の方へ視線を向けていた。

横柄な態度は良いものではないが、やはり國枝は良い役者だった。

その普段の人間性がまったく分からなくなるほど、國枝は、カメラの前では完璧な仮面をかぶってみせたし、そういう資質が俳優とか役者には必要だと思った。あくまで、視聴者の目に入るときに良いものが届けばいいのであって、そこは徹底していた。

ただ、やはり気温の高さは堪《こた》えるのだろう。國枝の衣装はけっして涼しいものではないし、冷シップなんかで汗を抑えてはいるが、体力の消耗は無視できないようだった。ペットボトルの水も、まるまる一本分をすぐに飲み干した。

「あー……うめぇぇぇえええ……」

一本では足りなかったようで、國枝はもう一本、ペットボトルを開けて口をつけた。ごくごくと音を立てて喉が上下する。露伴から見ても随分美味《うま》そうに飲むので、清涼飲料水のCMなんかもやれるだろうな、と思えた。

國枝は二本目のボトルを飲み干すと、マネージャーに声をかけた。

「ジャーマネェ――。水の買い置きもうないのォ――――?」

「あー……すみませんッ！　すぐ買ってきますッ！」

「五分以内な。遅れたら全裸で犬のマネ。いつものな。マジだかんな」

走っていくマネージャーを尻目に、國枝はスタッフ用のクーラーボックスを漁《あさ》りだした。

普段、水分補給には拘りをもってミネラルウォーターを好む國枝にとって、これは非常に珍しいことだった。

「ジュースしかねーなぁ～～…………でもカラカラだしな。糖分ありすぎるのは良くないが、コーヒーは利尿作用があるからもっとダメだ……。ジュースでいい。そこの君」

國枝はすぐ近くにいた、女性のヘアメイクスタッフに声をかけた。彼女は少々表情を強《こわ》張《ば》らせたが、むしろそれが國枝をソソった。

「な、なんでしょう……國枝さん……」

「そう、君だよ……君がいいんだ。大したことじゃあないんだけど……五分以内に水買ってくるよりぜんぜん大したことじゃあない。……手を焼かせて悪いが、このジュース、君が飲ませてくれるかなァ〜〜……」

「……飲ませる？　私が……ジュースを、ですか？」

「そう。君のジュースが飲みたいんだ……別にやらしいこと言ってるんじゃあないし、週刊誌にスッパ抜かれたってなにも問題のないことだ。ただ飲ませればいい……」

「………」

その要求がハランスメントであることは明白だったが、誰も逆らうことなどできなかった。國枝以外の、ヒロイン役の女優や、共演の俳優たちは「また始まったよ」という顔をしてはいたが、止めたりはしなかった。ここは見て見ぬふりで、國枝という暴君の気まぐれを受け流すことが、撮影をスムーズに進ませることだと知っていたからだ。

やがて助けがないことを知ると、國枝に指名されたヘアメイクの女性は、躊躇《ためら》いながらもジュースを手に取り、蓋《ふた》を捻《ひね》った。

そのとき、國枝は少々ハイになっていた。

「あっ、そう。その手つき……イイぞ。捻って開けるんだ……。分かるか？　君が〈そーゆー時〉に〈アレ〉を扱うように、正確にだ……分かるだろ？　ぜんぜんスキャンダル的なことは言ってない。ただ俺はジュースが飲みたいだけなんだからな……」

「……は、はい……」

「いいぞ……さ、早くしてくれ……カラカラなんだよ、マジ……。すごく喉がカラカラなんだ……」

「……飲ませるだけで、いいのなら……。…………………？」

異変には、彼女が最初に気づいた。

國枝は、既にどこか上の空で……自分の身に起こっていることを、正しく認識できていないようだった。ただ、体の本能が危機を訴えていて、だから必死ではあった。

「…………〈渇く〉んだ……すごく、カラカラなんだ…………なあ、飲ませてくれないか……もう、しゃべるのも……キツい……」

「あの、國枝さん……？」

「……早く……頼んでる…………カラカラだって言ってるだろ……カラカラは〈空《カラ》〉なんだ……。分かるんだよ……もうすぐ、〈空〉になってしまう……」

「あのう……こういうの、失礼かもしれないんですけど……」

戸惑いの声を上げながら、彼女が見つめていたのは國枝ではなく、彼の足元。

チョロチョロと、石清水のように細やかな音が響いていた。その音の出所を視線で辿れば、國枝の足を伝うようにして流れ出したものが……彼の足元に、水溜まりを作っていた。

國枝は〈粗相〉をしているように見えた。

「ちょっ、と……國枝さん……。……あの、ダメですよォォ〜〜〜〜。これ、スキャンダル……濡れすぎ……。漏らしちゃってる……」

ヘアメイクの彼女の反応で、俳優たちも、スタッフたちも、露伴も、その視線を水溜まりに注目させていた。〈月9の顔〉と呼ばれている若手実力派俳優の粗相は、あってはならない現実で、その事態に誰もが目を疑っていた。

しかし、起きていたことの本質は、既にそういう問題ではなかった。


「……あ…………〈空〉だ………」


目。鼻。口。耳。

國枝の、あらゆる穴から、〈水分〉が漏れ出していた。

「────きゃあああぁあああああああああああっッ──────！」

ヘアメイクの女性の悲鳴が上がってからは、事態の進行は速かった。國枝は既に、視界が閉ざされていた。そしてぼんやりした闇の中で、意識を失った。

やがて國枝の体は、糸が切れたように床へと崩れ落ちていった。

スタッフたちの悲鳴は、いっそう大きくなった。

「なんだとッ!? こ、この現象は……?」

慌てふためくスタッフたちの中で、露伴だけが別種の危機感を覚えていた。それは明らかに、自然に起きる現象とは一線を画したものだったから――いや、それ以上に、露伴の脳裏に別の角度から〈警告〉してくる感覚があった。

「きゅ、救急車ッ……誰か、早く連絡をッ! 誰かぁぁあアアアアアアアア!」

「待てッ! ……どけッ! そこをどくんだ……! 僕を通してくれ……彼を僕に見せるんだッ!」

露伴はスタッフの人込みを押しのけて、國枝に近づいた。応急処置ができるわけではない。助けるのではなく、これから襲いくる危険に備えるために、確認を行わねばならなかった。

それは異様な症状だった。

岩のような、枯れた樹木のような、〈渇いた〉質感。とてもではないが、普通の物理法則では説明できない出来事が、國枝の体には起きていた。

「……これは……。か、か、か、カラカラだッ! 皮膚も、眼球もッ! ひび割れてパリパリのミイラみたいになっているぞッ! 急激な〈脱水症状〉ッ……! し、死んではいないが……マズいぞッ！ このままでは間違いなくマズいッ……！」

露伴は國枝の体に触れながら驚愕していた。

まるで、強制的に体中の水分という水分が排出されたようだった。その溢れ出た水分も、すぐに床から蒸発していく。

そう……それは明らかに、自然ではない何かの〈干渉〉によるものだった。そして露伴は、そういった超常のものの〈干渉〉による災いを、今までに幾つも目にしてきた。それは人の魂の持つ異質な能力であったり、あるいは神の意志や、因果からなる呪いであったり、人知を超えたこの世の法則であったりする。

そういうものへの驚愕と、畏怖と、好奇心を、露伴はいつも漫画を描くにあたってのエネルギーとして取り入れてきた。だからこそ、露伴には、そのとき起きていることに対する経験的危機感が、しっかりと働いていた。

いや、厳密に言えば露伴はそれを〈知っていた〉。

「彼の容態もマズいが……危険なのは〈この状況〉だ！ この〈現象〉は科学とかではない……。こんなに急激に〈渇いて〉……いや、〈枯れて〉しまうことなんて……」

「……お、おい……誰だ……？」

不意に響いた声につられ、露伴は顔を上げた。呟いたのは北本だった。露伴はまず、北本の顔を見て、驚きに強張ったその視線を辿った。

北本が見つめていたのは、洋館の隅の小部屋。その開いた扉の向こうだった。その小部屋は撮影に使われない場所で、小道具や撮影機材の置き場となっていた。

そこに異様なものが佇《たたず》んでいた。

喩《たと》えるならそれは、〈藻〉を人型にしたようなものだった。

その顔は、濃い緑青色の、縮れた長い髪の毛に隠されていた。何度も何度も汚れては洗って乾かしたボロ雑巾のような衣服で、ズボンの裾はズタズタに千切れて、床に引きずっていた。それは水死体がヘドロの底から迷い出てきたようにも見えた。

露伴は〈それ〉を知っていた。北本も、他のＡＤも、カメラマンも、衣装も、ヘアメイクも、皆が知っていた。しかし――誰よりも露伴が一番知っていたから、その名を最初に口にしたのは、やはり露伴だった。

「……オ……〈オロボグ〉…………？」

それは、先ほど露伴が挙げた中にあった名前。

著作であり、今回のドラマの原作。〈異人館の紳士〉に登場するキャラクターの一人……〈怪人オロボグ〉そのものだった。

その姿は非常に高精度で再現されていた。まるで漫画の中から抜け出してきたかのような容姿は、完璧に作り込まれていた。

それがその場にいることに露伴は強く驚愕していたが、露伴以上に、そして露伴とは別の視点で驚いているのが北本だった。彼は思わず、口走ってしまった。

「…………どうして〈あの衣装〉があるんだ？」

「なに？」

露伴は北本の言葉に、眉を顰《ひそ》め、北本は自分の口元を手でふさいだ。それは口が滑ってしまった者の仕草で、聞かれてはまずかったことを意味していた。そしてそういうことは、たいてい、露見した後では手遅れであるものなのだ。

「おい、北本さん……今のはどういうことだ？　あれは撮影用の衣装なのか？　……だったらどうして、それがあることに驚いているんだ？」

「……そ、それは……」

「……あの〈オロボグ〉役のキャストは、〈薬物〉で逮捕された……僕はそこのところを気にしていたが、まさか……。ずっとおかしいと思っていた……！　エピソードの順番で行けば、今日の撮影はまさに、〈オロボグ〉のエピソードのはずだ……！」

「落ち着いてください露伴先生。そんなことより、今大事なのは……。私は、貴方の漫画のファンで…………だから、なくても大筋に影響が出なくなる部分だって、分かっていて……いや、そういう場合じゃあなくってェッ！」

「〈オロボグ〉のエピソードを〈カット〉していたんじゃあないだろうなッ⁉」

「う、うぅぅあああああああああ…………！」

北本はパニックになっていた。

突如として不可解な症状に襲われた主演。隠して押し通そうとしていたことを見抜いた原作者。そしてなかったことにしたはずの撮影衣装と、それを着て現れた誰か。襲いくる状況と因果の全てが、北本には敵に思えていた。

そういうとき、立ち向かわない人間には、未来はない。

「きゅ……救急車ァッ！　私は救急車を呼びにいくんだッ！　逃げるんじゃあないぞ！　分かったな！　これは監督責任だッ！　ワハハハハハそ――――だ！　私は責任を取るのだ！　他の誰でもない！　私が呼びにいくんだッ！　私が救急車ァァ――――ッ！」

「おい待てッ！　北本さん、不用意だッ！」

北本は分かっていなかった。

北本はオロボグにも、露伴にも、責任にも、その場の全てに対し背を向けた。見えているもの全てから目を背けていた。

だから駆け込んだ出入口でカラカラになって倒れているものが、人の体であるとは、気づけなかった。

「救急シャァァアアあああああああああああああッ――――アァァアヒュッ！」

それ以降、北本は満足な悲鳴すら上げられなかった。

出口の扉を開けた瞬間――パシャッ、と濡れた音がして、北本の足元に水溜まりができた。人が倒れたとは思えない、軽く硬質な音がして、ミイラのようになった北本が崩れ落ちた。その体から溢れ出た水は、まるで生きているかのようにオロボグの方へと向かって流れていき、やがてその体に吸い込まれていった。

スタッフたちの悲鳴が、一際大きくなった。

「い、言わんこっちゃあないぞ……不用意だと言ったはずだ……！ 〈マネージャー〉が戻ってこないのを訝《いぶか》しむべきだったんだ……！ あの出入口に転がってるもう一人は國枝の〈マネージャー〉だッ！ 彼は既に襲われていたッ！」

この短い間に三人がやられた。それも、見ていてまったく理解の追いつかない何かの現象によって、人知を超越した原因によって、人体が異様な姿に変えられた。まともな判断ができる者など、誰もいなくなっていた。

恐怖にかられ、不用意に逃げ出す者たちが現れ始めた。

露伴はその場で、必死に呼びかけた。

「逃げるんじゃあない！ 今のを見なかったのか……北本さんは〈逃げて〉やられたッ！ 出口の方へ〈逃げた〉ことで攻撃されたように見えたぞッ！ そして、くそっ……不味いぞ、これは……〈この力〉はッ！」

「――〈ないがしろ〉にしたからだ」

その声に、誰もが注目した。

その声はオロボグから発されていた。

「……こいつ、今しゃべったのか……？　いや、しかしこの声は……？」

露伴にも聞き覚えのある声だった。その場にいる誰もが、その声を耳にしたことがあって、それは今ここにいるはずのない、ある人物のものであることも分かっていた。

その声はスタッフにこき使われ、國枝に虐《いじ》め倒されていた、あの太ったADのものだった。オロボグの衣装をまとっていたのは、あのADだったのだ。

「……お前らだぞ……最初に〈ないがしろ〉にしたのは……ゴボボボボッ……だからこうなった。……そういう因果だよなぁ〜〜〜〜〜っ。……グボボボボ……」

「……何を言っているんだ？　お前……」

なぜだか彼の声は、水の中から響くように聞こえていた。國枝や北本が吐き出した水分とは逆に、彼は水分を蓄えすぎているのではないかと思えた。そういう特徴的なキャラクターを印象づけるしゃべり方も、露伴は設定した覚えがあった。

「〈オロボグ〉は……ゴボッ……カットする必要はなかった……。北本は言ってたんだぜ……〈代役さえ見つかれば〉ってな……ゴボッ……。俺が演技を仕上げてくれれば、俺を〈俳優〉として考えてやるってな……〈衣装〉だって……結局俺が仕上げたよなぁ〜〜……」

彼はゆっくりと、露伴と、その場に残る全ての人間を追い詰めるように、歩きながら語り始めた。

「……ゴボッ……だから俺は言ったんだぞ……〈俺ならやれます〉って……。俳優志望だった俺ならできた……くそッ、そもそも病気にならなきゃこんなに太ったりしなかった……。でも絶対だ。〈演技力〉は絶対國枝には負けてねえ……。北本の奴に……〈俺なら代わりにオロボグをやれます〉って……」

オロボグの言葉を聞きながら、露伴の中でいくつかのピースが繋がり始めた。

古い台本。慌ただしいスケジュール。使わないセット。

そして國枝との会話で出てきた〈提案〉のこと。オロボグの話す内容は、おそらくそのことであろうと思えた。

なおもオロボグは叫び続けていた。

「北本の奴……ゴボッ……〈本気にするとは思わなかった〉だとォ——ッ⁉ 〈しつこいから適当言った〉だとォ——ッ! 國枝もだッ! 〈ブタを出すくらいなら最初からやるな〉だとッ! クソ野郎どもがよぉぉオオ——ッ!」

もはやそれは、人間の声とは思えぬものになっていた。

憎悪と、怨嗟《えんさ》と、魂の水底で濁りきったヘドロのような感情が渦巻き、泡立ち、音となって放たれているだけだった。

「ゴボ、ゴボッ！　クソッ……〈演技力〉なら俺はあんな奴に負けてねぇ……全部〈ないがしろ〉にしたのはお前らだ……。……それは、俺の存在をこの世界に認めない、と……そういうことだなぁ～～っ！　だったら俺もお前らの存在を認めるわけにはいかねーよなァァ――ッ！　グボボボボボッ！」

「こ、こいつは……？　何を言って……」

「繰り返す。お前らだからな……〈オロボグ〉の存在を〈ないがしろ〉にしたんだからなァ――ッ！　お前らが最初に〈ないがしろ〉にしたんだからなァァ――――ッ！　脚本をカットする〈ディレクター〉！　共演を拒否した〈主演俳優〉！　そして――岸辺露伴ッ！　そもそも〈原作者〉のお前がこんな連中に〈オロボグ〉を預けたんだからなッ！　お前が〈ないがしろ〉にしたんだからなァァ――――――ッ！」

「おい、待て――」

露伴が何か言う前に、彼はなおも叫んだ。

「お前の命も〈ないがしろ〉にされて当たり前なんだからなぁぁあああ――――ッ！　ゴボボボボボォ――――――――ッ！」

「なにっ……？」

そうして、ＡＤ扮するオロボグは本格的に行動を始めた。

パニックになりろくな行動もとれないスタッフたちには目もくれず、異形《いぎょう》の姿で、迷わず露伴へと接近してきた。まるで人間が紛しているとは思えない、鬼気迫る怨念が籠もっていた。

「クッ……次の狙いは、僕か……！　だが……」

狙いはまさに露伴。しかし傍を通るだけでスタッフたちにも影響が現れていた。急激な脱水症状に襲われた彼らは、目や鼻や、穴という穴から水分を吐き出し、次々と床に倒れてゆく。その光景は、相手がもはや普通の人間では対処できない現象であることを表していた。

しかし、オロボグが戦いを挑んだ相手は、普通の人間ではなかった。

「ナメるなよ……僕にだって力はあるッ！　お前が周囲を混乱させてくれたおかげで、僕も力を使えるぞッ！」

岸辺露伴。そのスタンドは〈ヘブンズ・ドアー〉。

その力は真っ向から対峙するときには、無敵に近い威力を発揮する。上手《うま》く周囲の混乱にまぎれ、露伴はその超常の力をオロボグへ向かって行使した。

「ヘブンズ・ドア――――ッ！」

「ウグッ！」

ズギュゥウウン、という炸裂音が響きそうなほど、スタンドのビジョンは勢いよく具現化した。間違いなくヘブンズ・ドアーの能力は、まともにキマった。

「よし……〈本〉にはできる……！」

それは露伴にとって、能力が通用することの確認でもあった。走り出そうとしていたオロボグは、膝から崩れ落ちるようにして〈本〉になった。〈本〉にすることで相手の内面を読み取れる。それとは別に、〈本〉にした際に起こる意識の無力化も、十分に強力なヘブンズ・ドアーの効力だった。

倒れ込んだオロボグの身に駆け寄り、露伴はそのページを開いて読み取った。

「……尾原夢生《おばらゆめお》……二十七歳。十八歳のころに病気の投薬治療で命運を懸けたドラマのオーディションを受けられなかったことから、役者の道を断念……しかし映像のことに携わりたい気持ちは強く、コネクションでテレビ局に……だが、クソッ、これは……〈この情報〉はッ！」

ページを読み進めるうち、露伴の表情は驚愕の色を濃くしていった。

「なぜ〈オロボグ〉の記憶がここに書いてあるんだッ⁉」

――怪人オロボグ。

それは露伴が取材した、とある伝説から生まれた存在だ。

明治の時代、北方の生まれ故郷で迫害を受けた男。彼は古くより水の呪術を使う家系だったがために、水源を使わせてもらえなかった……喉が枯れそうな暑い夏の日に、地面に頭を擦《こす》りつけて頼んだって、一滴の水も分けてはもらえなかった。

渡り住んだ本州でも時の日本政府に歯向かい、絞首刑では処刑できなかったので〈電気椅子〉にかけられて、ようやく死んだ。

だが彼は死ぬその瞬間まで、行く先々で、自分を受け入れなかった土地に〈呪い〉をかけ……その土地はもれなく〈水源〉が枯れ果てたという。

世界から〈ないがしろ〉にされてきた報復に、潤《うるお》いを奪って〈枯れさせる者〉。

それは、この世に実際に存在した者。露伴が取材によって学んできた、隠された史実でもある。

そしてその後、露伴がそれを元ネタにし、漫画の中にオロボグというキャラクターを生み出した。

漫画のキャラクターとして、新たな生命を吹き込まれたオロボグは、作中でも〈ないがしろ〉にされたという理由で暴走を始め——やがて〈異人館の紳士〉との対決の末、足を掬われて再び〈電気椅子〉にかけられて感電し、敗北した。元ネタとなった史実をなぞるように、それは露伴からの、歴史への敬意でもあった。

だが、そういうことの全てが、ＡＤ、尾原夢生のページに記されていた。

まるで、彼自身が体験してきた出来事のように。

そしてオロボグ役をやるはずだった俳優が薬物スキャンダルで降板した際、尾原はそれをチャンスだと思ったこと。オロボグの台本と設定を、露伴の描いた原作を、何度も何度も寝る間も惜しんで読み続けたこと。

自分なら代わりにやれると北本に打診した際、北本が「考えてやる」と言い、それを信じて、ＡＤ業の傍《かたわ》ら、必死に演技を仕上げてきたこと。

しかし、「役者でもない奴と芝居できない」と國枝が突っぱねたこと。

自分の本気の思いが、全て〈ないがしろ〉にされたと思ったこと。

そうこうするうちに――自分とオロボグは同じ、〈ないがしろ〉にされた者同士なのだと確信したことが、尾原の中には経験として書き連ねられていた。

「まさか……そうなのか？　……なんてことだ……これは……ッ！　〈取り憑いている〉とかそういう次元じゃあない……この現象はッ！」

露伴が驚愕の声を上げたのも、無理はなかった。

オロボグの情報は、まるで彼自身が体験してきた人生の情報と地続きのように、彼自身の人格として書かれていた。彼が徹底的に役作りしたオロボグというキャラクターは、彼という個人の綴ってきた生命の物語として、その魂に同化していた。

それを確かめたそのとき、露伴は事態の深刻さを理解した。

「こいつは〈化身〉だ！ 〈オロボグの化身〉……馬鹿なッ！ あるのか、そんなことッ！ 〈ないがしろ〉にされたことでこいつ、役作りの過程で〈オロボグ〉と自分を同一視している……演じすぎて〈オロボグそのもの〉になってしまっているぞッ！」

露伴は、相手が確かな脅威であることを察すると、すぐさまそのページの中の、オロボグに関する記述の部分をペンで塗りつぶそうとした。あるいは、ページを破ってしまってもいいと、そう考えたのだが——。

「……いや……待て……」

しかし、そこで気がついた。何か、取り返しのつかないことをしようとしている、そんな感覚があった。オロボグという存在を描いた経験が、脳裏で警鐘を鳴らしていた。

「……こいつが〈オロボグ〉なら……例えば僕の漫画なら、こいつの怨念はそんなに軽いものか？ 土足で踏み込むように、書き換えたり破り取ったり、できるものか……？」

疑いながらも試すように、露伴は微かにペン先を、ページの文字に触れさせた。

その瞬間——意識を失っているはずのＡＤの体が、ビクン、と痙攣《けいれん》した。

「くっ——！」

露伴はとっさに、ＡＤ——否《いな》、今やオロボグと化したその男から距離を取った。

手に、びりびりとした違和感があったためだ。見れば露伴のペンを持つ指先は、皮膚が白くガサガサに乾燥して、水分を奪われていた。

「こいつ……反撃してきたぞ！　意識がないまま……！」

そのまま露伴はオロボグから離れる。ヘブンズ・ドアーで昏倒しているこのタイミングを逃しては、そうやって距離を稼げるかも分からない。

しかし、それでは何の解決にもならなかった。

絶望的な事実が、そこにあった。

「ヤバいぞ……この状況は、スゴくヤバい……。こいつが〈オロボグ〉なら、〈ヘブンズ・ドアー〉はダメだ……書き換えられない！」

そう、ヘブンズ・ドアー最大の強みは、命令の書き込み。相手の行動を制限し、自分への攻撃すら禁止させる。だが……それはオロボグの存在を、自分の思い通りに改変したことになる。〈ないがしろ〉にしたことになってしまう。

「そうだ……こいつを〈改変〉するのはまずい……！　他人から〈ないがしろ〉にされるのが、こいつの怨念の源《みなもと》……ならば、存在を否定するような〈改変〉は、むしろ〈オロボグ〉の力になるッ！　事態を悪化させてしまいかねないッ！」

つまりその絶対絶望的状況で、露伴はヘブンズ・ドアーによる命令という、最大の武器を封じられていた。もはやそのとき、露伴にとってヘブンズ・ドアーは、せいぜい数秒ほど相手の動きを止める力でしかなかった。

「この館から出るのもマズい……さっきのを見る限り、逃げだすことはダメだ。僕の描いた〈オロボグ〉の話では、館の外には行ってない……この撮影現場を離れることは、〈オロボグ〉と向き合うのを投げだす……〈ないがしろ〉にしたとみなされるッ！　ここで倒さなくては……。……できるのか？　主人公ではなく、この僕にッ！」

そう口に出してはみたが、言葉にして改めて、露伴はその難しさと向き合わざるを得なくなった。

漫画と、それを原作にしたテレビドラマの中で、オロボグに立ち向かうのはあくまでも主人公である〈異人館の紳士〉。卓越した知識と受け継いできた技術を持つ、妖怪対処のプロフェッショナルだ。

しかし、ここに〈紳士〉はいない。〈紳士〉役を演じていた國枝は、カラカラに乾いて瀕死の状態だ。悪役を懲らしめる主人公が不在の物語は、怪奇アドベンチャーではなく、絶望のホラーに他ならない。そしてホラーであれば……バッドエンドすらありうるのだ。

「いいや、僕がやらなくてはな……。確かに、責任は僕にある……もっと厳しく監修を行うべきだった。作品を預けてしまったのだからな……」

ヘブンズ・ドアーは使えない。この敵にスタンド使いとしての強みは生かせない。

それでも露伴は、立ち向かわねばならなかった。

「こいつを他人の手に預けたのが原因だというのなら……〈原作者〉の僕がもう一度、結末まで〈筋書き〉を導かなくてはッ！」

「……ゴボッ、グゴボボボボボォォ――――――――ッ」

やがてオロボグはヘブンズ・ドアーによる昏倒から回復し、くぐもったうめき声を響かせながら立ち上がった。

喉はそのＡＤのものを借りている。しかし言葉を発しているのは、既に人の意志と融合した、オロボグという存在の怨念だ。遥かな昔の伝承と、露伴が描いた漫画と、それを演じる人間の、三つが結合した怪物だった。

「もし作者が〈神〉だってゆーんならよ〜〜〜〜っ、グボボォ――ッ！　……できるかもしれねぇぇーよなァ――ッ！　露伴先生よォ――――ッ！　その妙な力で俺を倒したりしてみるか？　もともとの〈筋書き〉を〈ないがしろ〉にしてよぉぉ〜〜〜」

「……〈筋書き〉に沿わないって言うなら、そもそもそんなセリフ、僕は描いた覚えはないがな……。まして……〈異人館の紳士〉を倒してしまうなんて展開はなッ」

「違うな……そいつは違う。作中でだって〈紳士〉はピンチに陥るんだ。時には瀕死ってくらいのピンチにな……そーゆーシビアさが売りだよなァ――テメーの作品はよォ――！」

「そんなセリフも、覚えがないぞッ！」

「グゲゲッ！」

オロボグは鈍い悲鳴を上げた。露伴が、小道具として用意されていた鉢植えを摑み、それを投げつけたのだ。水を吸い込んだぶよぶよの体が邪魔をして大したダメージにはならなかったが、物理攻撃が通らないわけではないようで、オロボグは姿勢を崩した。

その隙に、露伴は周囲を見渡すと、逃げ遅れたのか、広間の隅でうずくまるスタッフを一人見つけた。危険だとは思いながらも、その瞬間はありがたくもあった。避難を促す前に、露伴には聞かねばならないことがあった。

「おいッ！〈小道具〉は全部向こうの小部屋にあるのかッ！」

「あっ、あっ、ああ〜〜っ」

「戸惑っているんじゃあないぞ！　死にたいのかッ！　撮影に使う〈小道具〉は小部屋にあるのかと聞いているんだッ！」

「あ、ああ……は、はい……殆ど全部……」

「……〈オロボグ〉は僕が引きつける。自己犠牲とかじゃあないからな……責任は僕にもあるが、あれにしっかり対処できるのは、キャラクターを把握している僕だけってことだ。ただ、君は場所を教えてくれればそれでいい……」

「ば、場所って、何の……？」

「〈電気椅子〉だ」

スタッフの彼が聞き逃さぬよう、露伴ははっきりと発音した。

「史実でも、漫画の中でも〈オロボグ〉は、米国から持ち込まれた〈電気椅子〉でやっつけられた……周囲から吸い取った水を、いっぱいに体に貯め込むからだ。弱点は〈電気〉！

漫画の中では〈異人館の紳士〉が奴の足を掬って〈電気椅子〉にかける……それが結末。だとすれば！　あれが〈演者〉なら……セットでもいい、〈電気椅子〉に座らせればこの物語は終わる！」

「ほ、本物じゃあないんですよ？」

「奴は自分自身が〈オロボグ〉だと強く思い込んでいる……なら〈電気椅子〉にかけられて敗北するところまでが〈筋書き〉だ……。もし〈電気椅子〉に座らされても、〈筋書き〉を無視するなら、彼自身がオロボグであることを放棄したってことになる。それはキャラクターとしては正しくない行為……奴の力がオロボグと自分の〈同一視〉から生まれているなら、絶対に〈筋書き〉は無視できないッ！　そーゆーことだ……」

「…………」

「分かったら早く〈電気椅子〉のセットがある場所を教えるんだ！　あいつはもう、立ち上がろうとしているんだぞッ！」

「…………あ……ありません」

「……なに？」

「〈電気椅子〉のセットは作ってない……〈オロボグ〉は出ないことになったからッ！　ここには用意されてないんです！」

「なんだってッ!?」

それは、まるでこれからとりかかるパズルに、最後の〈ピース〉がないと気づいたような、途方もない絶望感だった。

オロボグという、怪物はいる。伝承や漫画という物語の中から、抜け出してきてしまっている。しかしそれだけだ。具現化されたのは、オロボグだけ。

物語を終わらせるための、オロボグを倒す電気椅子が、存在しない。

しかしそんなことなどお構いなしに、オロボグは立ち上がって、露伴たちへ向けて迫ってくる。

「うっ……！　渇いてきている……この距離で、もう……？　くそっ、〈電気椅子〉がないだとッ？　半端なことをしやがって……やはりダメだったんだ！　こいつは、僕以外の人間に預けてはいけない、危険な物語だったんだ……！」

じんわりと全身にドライヤーを当てられているような感じだった。

オロボグが近づくと、皮膚がピリピリしびれる感触と共に、表面がカサカサに乾きだした。空気中へと水分が絞り出され、オロボグに吸い取られていたのだ。

見れば、オロボグを中心にして、フローリングの色が変わりだしていた。床材に含まれた微かな水分や、含有された塗料の成分までもが吸い上げられて、木材を急激に乾燥させた――いや、それを通り越して、朽ちさせ始めていた。

オロボグが歩くと、パキ、パキ、と妙な音がする。それは急激に建材が乾いたことで起こる家鳴りの音だった。オロボグ自身はしっとりと湿っているのに、触れる場所はカラカラに乾いて枯れていく。それは奇妙な光景だった。

先に襲われた北本らを見るに、屋内に居ればじわじわと襲われるが、外へ逃げ出せば急激に攻撃を受ける。そういうルールはもはや疑いようがない。漫画の中にだってここまでの地獄絵図はなかった。

「……〈キャラが勝手に動き出す〉なんてのは、漫画の〈あるある〉だが……そう考えると、別に僕も初めての経験ってわけじゃあないな……。だが……」

露伴はオロボグから距離を取りながら、傍にあった撮影用のスタジオライトを蹴り倒した。大きなハンマーのような形のそれは、勢いがついてオロボグを直撃したが、やはり大したダメージにはなっていないようだった。

「やはりだ、ダメージがあまりない……！　吸い込んだ水分でぶよぶよのゼリーみたいになって……くそッ！　この能力は〈伝承〉でも匂わされてたが……漫画にしてしっかり〈描写〉したのは僕だったなッ！」

後悔は先に立たず。一度付けた〈設定〉は削れない。

「どこかの部屋に隠れてろッ！　奴の狙いは僕だ……僕を狙っている限りは、まだ時間が稼げるッ！　逃げ遅れた奴がいるなら連れて空き部屋へ引っ込んでろ！　守ってやるような余裕はないんだ！」

露伴は先ほどのスタッフに呼びかけた。巻き込まないようにするには、屋敷から出ない範囲で隔離するしかなかった。

スタッフを促しつつ、露伴はオロボグへ障害物になりそうな物を投げつけながら、回り込むようにして〈あるもの〉を目指した。

それは部屋の隅に置いてあった〈クーラーボックス〉。

中にはまだまだ、ペットボトルのジュースやスポーツドリンクなど水分が入っていたし、保冷剤と一緒にロックアイスが入っていた。

露伴はロックアイスを服のポケットや隙間に放り込むと、多少凍傷になるのを覚悟で、体温で溶かしつつ、体に飲料を振りかけた。それで体に潤いが戻り、多少は……ほんの数秒程度は、オロボグの攻撃に対処できることを期待した。露伴はその中から、数本のペットボトルを持っていくことにした。

「これでは根本的な解決じゃあない、が……！」

オロボグが近づくと、濡れた露伴の肌がどんどん乾いていく。そのたびに露伴は飲料を自分の体に振りかけていくが、どんどん水分が奪われ、徐々に露伴の体が乾いていく。人体の半分以上は水分。それを奪う力とは、すなわち人体に〈死〉を与える呪いと言ってもよい。

露伴は手持ちの水分が空になってしまう前に、自分も二階への階段を上った。

二階の部屋を繋ぐ廊下の手すりからは、吹き抜けとなっている一階の大広間が見下ろせる構造だ。なので、上からライティングするための照明器具は、あちこちに設置されている。露伴の頼りはこれだった。

「俳優がメイクを直しに、二階へ上がるのを見た……どこかの部屋にあるはずだ……！〈刃物〉が必要だ！　それと……くっ、急がないと……！」

露伴は衣装替えに使われていた部屋から、メイク道具を見つけると、その中からハサミと、念のためにベビーパウダーを拝借した。

無論、オロボグと戦うにあたっては心もとない。しかし今頼れるのは屋敷の中にある道具と、自らの知恵しかなかった。露伴はそのまま低い姿勢で移動すると、〈あるもの〉にハサミを入れ、引っ張り出した。

それから数秒して、壁に手をつくようにして立ち上がり——そこで露伴は、階段を上りきったオロボグと対峙した。

「……この世界で最も難しい〈勝負〉とは……〈自分を乗り越えること〉。こうして漫画のキャラクターと直《じか》に対峙すると実感する。〈こんな強い敵出してどう倒すんだ？〉って考えるとき、いつだって頭をひねって、そんな強敵を生み出してしまった自分と必死に戦い続けることになる……」

「ゴボボボボボボボボッ！」

「だが……僕はそういう自分との勝負に、いつだって勝ってきた！　ネタが出てこない眠れぬ夜も、創作への不安にも！　〈自分に勝ち続ける〉から漫画家なんだッ！」

　露伴は持ってきたペットボトルの蓋を開けた。

　中身を床にこぼすと、木製の床板にしみ込んだジュースが、まるで吸い上げられるように、真っすぐにオロボグの方へと向かっていく。

「何の真似だぁ～～～っ？　ゴボボボボ……悪いが……〈限界を超えるまで吸わせよう〉とかの漫画っぽい解決は無理だからなぁぁ～～！　グボボボ！　限界を設定しなかったのは、露伴ッ！　お前なんだからなァ――――ッ！」

「もちろん、そんなことは考えていない。強《し》いて今、考えていることを言うなら、やはり〈知識〉は漫画家の武器になる、ってことかな……」

「……なに？」

「〈理科〉の授業だよ。……思えば僕は授業中だって、そんなことを考えてしまう奴だった……理科の教師にも感謝しておかなくてはな……」

「待て、露伴……貴様、何を言ってるんだ……」

「〈オレンジジュース〉は電気を通す。学校で習わなかったのか？」

「……まさか……！」

「自分に勝つための方法は、自分の経験が知っている」

そう、露伴は既に仕込んでいた。

オロボグがジュースを吸い取ることを見越して、床に垂らしておいたのは、切断した〈電気のコード〉……照明器具に使われているものを、先ほど借りたハサミで切って垂らしておいた。

「〈通電〉の道を作ったのはお前自身だ」

「……露伴、テメエエ――――――――ッ!」

バチンッ! と強い衝撃が、オロボグの体を襲った。

「グェッ!」

無尽蔵に水分をため込み続けるその体に、オレンジジュースが作った道が、ケーブルからの電気を導いていく。

漫画であれば、感電の派手な表現があった場面だろう。しかし現実に体を電気が駆け抜けるときというのは、拍子抜けするほど地味なものだった。

ビクン、ビクン、と体を硬直させて、オロボグはその場に崩れ落ちた。

「……〈電気椅子〉というわけにはいかなかったが、電気があってよかった……もう使われてない家だが、撮影のために電力会社に通電してもらってたおかげだ」

ピクリとも動かなくなったオロボグを注意深く見下ろして、数秒。バッチリ電気が通ったらしいことを確かめると、露伴はようやく緊張を解いた。

「……ど、どうしたんだ？ あのバケモノは……アンタがやっつけたのか……？」

部屋の一つから、声がした。それは出演者の一人で、中年の俳優だった。彼は静かになったことに気づき、恐る恐る部屋から様子を見に出てきたのだ。

露伴が状況を示すようにオロボグを顎で指すと、その俳優もつられて見下ろした。

「や、やった……流石原作者。でも、漫画のキャラが実際に演者に乗り移ったようになるなんて……」

「僕も初めての経験だった……真に迫った演技ってのは降霊術に近いものがある、っていうからな……。イタコとかコックリさんとか、そういう現象を起こすような条件が、彼の精神状態とキャラの設定で、偶然揃ってしまったのかもしれないが……」

「な、なにはともあれよかった。あんな奴がいるなんて……」

終わってみれば、興味深い現象だったとは言えた。

しかし、被害の規模がかなりのものになってしまった。興味よりも脅威が強く印象に残る、そういう事態だったのは確かだ。

まだ死者は出ていないとはいえ、國枝も北本も、急激に意識を失うほどの容態に追い込まれたのだ。一刻を争う事態であるのは間違いない。もし手遅れになれば、もっと後味の悪いものを残すだろう。

「とにかく、救急車を呼ばないとな……」

そう言って、露伴は携帯電話を取り出すべく、手に持っていたポーチを持ち替えようとして、軽く腕を上げた。

ところが、カサ、と妙な手触りがして、露伴はポーチを落としてしまった。こぼれた中身を見ると、化粧水の瓶の蓋が緩んでいて——その中身が空になっていた。

「……?」

違和感を覚えて、露伴は自分の掌を見た。

その手は——まるで枯れ木のように、カラカラに乾いてしまっていた。


「なにィィ————————————ッ!?」


驚愕している暇もなかった。

毛穴という毛穴から、未だ、体内の水分が絞り取られ続けていた。先ほどまでの攻撃とは、まるで勢いが違っていた。みるみるうちに、露伴の腕はミイラどころか化石のように、その細胞一つ一つを構成する液すら絞り取られたように萎《しぼ》んでいた。

「ハッ!」

露伴は開いた扉の陰に何かが転がっていることに気づいた。それもまた、乾ききった人体だった。先ほど顔を出した俳優が、カラカラに乾いて倒れていた。

「ば、バカなッ！　攻撃が激しくなっているだと……そんなッ！　〈オロボグ〉は既に……」

「倒したはず…………だったかよォ〜〜〜〜〜〜？」

そして、何事もなかったかのように――オロボグは再び、起き上がってみせた。

乾いた床がパキリと鳴った。その家鳴りは、絶望の音に違いなかった。

「な、なぜだ……？　電流は確かに通ったはずッ！　電気ショックが直撃したって反応は確かに見たのにッ！」

「グボボボ……露伴、テメー……俺は〈電気椅子〉でやられるんだぜェェ――――ッ！　ゴボボォ――――ッ！　どこに〈感電〉そのものでやられるなんて描いた覚えがあるんだァァ――？　そんな展開、原作にも台本にも〈オロボグ自身の記憶〉にも、どこにも載ってないぜェェ――――ッ！　つまりよォォ――――ッ！」

「くっ……」

「お前は結局、俺を〈ないがしろ〉にしたんだぜェェ――――――――ッ！　分かってんのかッ！　岸辺露伴ッ！」

露伴はゆっくりと後ずさった。既に体内から多量の水分を吸い取られているのか、自身の体温をやけに熱く感じた。声を出そうとしても唾液がなく、呼吸するだけで喉がヒリヒりと痛んだ。それは明らかに、先ほどまでの攻撃と段違いの効果だった。

「……あ、甘かった……代替案では、倒せないッ！　こいつの恐ろしいところは、〈枯れさせる〉とか〈衝撃を吸収する〉とか、そういうところじゃあない……！　〈忠実さ〉だ！　こいつを本にしたとき、倒されるまでの〈筋書き〉が書いてあった……やはりそれ以外の方法では絶対に倒せない！　筋書きへの〈忠実さ〉！　それがこいつの強さなんだッ！」

露伴はじりじりと下がりながら、近くの空き部屋の扉に手をかけると、力の入らない腕で勢いよく開き、追ってくるオロボグにぶつけようと試みた。

しかしオロボグは、その扉を難なく蹴破って進んできた。まるでビスケットをたたき割るかのように、容易だった。

「ゴボボボ……乾ききった木材ってのはよォ――！　扉くらいの厚さならぜんぜん脆《もろ》いもんだよなぁぁ～～ッ！　ゴボボボボ……木造の屋敷だと、壁だって叩き壊すのは難しくねーなぁぁ～～～～ッ！」

「つ………強すぎるッ……！」

やがて背中に壁の感触を覚え、露伴は廊下が行き止まりであることを察した。けっして広くはない二階の廊下。前方からは、迫りくるオロボグ。後方には壁。

露伴から見て、右側に小部屋があって、そこの扉を開けて逃げ込む選択肢もある。しかし、たった今オロボグがやって見せたように、部屋の扉を破ることは容易に思えた。

残る逃走経路は、一つしかない。

「……うおおおおぉぉォォ————ッ！」

露伴は、クッションになるようなセットの位置を確認すると、二階の廊下から、一階の広間へと飛び降りる。

「————うぐッ！」

ソファを狙って飛び降りたが、二階からの落下の衝撃を殺しきることはできなかった。また、オロボグの能力の影響でカラカラに乾ききった腕と足は、ソファに落ちただけで簡単に折れてしまった。

露伴は残った腕一本で必死に床を這い、その場からどうにかして移動しようとした。

露伴の抵抗と、それ以前のスタッフたちの混乱。あちこち逃げ出そうとして暴れまわった喧騒のせいで、一階の広間は物が散乱していた。

蹴倒された照明、転がった小道具、踏み荒らされてページの千切れ飛んだ台本。まさに事態の混乱を象徴するような有様だった。

「くそッ！　マズすぎるぞッ！　このままでは……このままではっ！」

「そう——このままでは、お前から死ぬんだぜ、岸辺露伴」

オロボグの声が、上から響いてきた。

どうやら、たびかさなる抵抗で、オロボグは完全にそのターゲットを露伴に定めたようだった。二階からの階段を下りながら、ギシ、ギシ、と乾いた木材を軋《きし》ませて、異形の怪物は露伴に迫っていた。

露伴にはもはや、抵抗の手段もろくに残されていなかった。近くに落ちていた台本を掴み、ページをむしると、オロボグへ向かって投げつける。

「……く、来るなァァ――――ッ！　こっちへ来るんじゃあないッ！」

もちろん、そんなものはロクな抵抗にはならなかった。

ひらひらと舞い散る紙屑が、床を一面に散らかしていくだけだった。それでも露伴は手当たり次第に、周囲にあるものをオロボグへ投げつけ続けたが……オロボグの歩みは、一向に止まらない。

「グ……ゲ……」

オロボグが近づくにつれて、露伴はいっそう水分を絞られ続けた。涙は枯れ、鼻水が出なくなった。声を出そうにも口が開かず、舌は奇妙に膨らみ始めていた。

「ハァ……ハァ……。か、〈カラカラ〉だ……！　まるで、何日も砂漠に迷い込んでいたみたいに……め、目がかすむッ！　眼球が乾いて……！　手足も震えるぞ……！　舌もだッ！　しびれてきた……だ、〈脱水症〉なのか……？」

「そーゆーことになるなァ――、ゴボッ……岸辺露伴先生よォ――――」

露伴は少しでもオロボグから逃げようとし、さらに後ずさる。しかし、瞬きをすると、ぐらぐらと地面が揺れるように感じ、まともに歩くこともできなかった。まるで荒波にもまれる船の上にいるように、脚が言うことをきかなくなっていた。

「まともに歩けないのかなァァ〜〜……ゴボボ……夏場の労災防止講習で見たな……平衡失調、〈ロンベルグ徴候〉ってヤツだ……あと、もって〈二分〉……あるかないか、ってところかなぁぁ〜〜……ゴボボ……」

「ハァッ……ハァッ……」

既にオロボグは露伴のすぐ近くまで迫っていた。近づくにつれて、吸い取られるスピードも勢いを増していく。落下の衝撃もあり、露伴は既に満身創痍となっていた。

「ンッン〜〜……グボボボボ……やってみると気持ちいいもんだぜ、〈作者〉を殺すってのは……。俺はずっと〈ないがしろ〉にされてきた……ずっと、ずっとだ。力のある奴に〈ないがしろ〉にされてきた……」

「ハァッ……ハァッ……ウッ……ゲホッ、ゲホッ……」

「〈オロボグ〉は生まれた里に、日本政府に、刑務官にッ！　ＡＤ、尾原夢生としてもだッ！　怒鳴るしか能のないプロデューサーや性根の腐った売れっこ俳優ッ！　そういう偉そうな奴がずっと俺を〈ないがしろ〉にしてきたが……そういう奴らは〈枯らし〉てやったッ！　俺がこの手で潤いを奪ってやってきたッ！　そして——」

そして今、オロボグは、尾原夢生は、最も大きな下克上を成そうとしていた。

自分を歴史から掘り出し、漫画のキャラクターとして新たな命を吹き込んだ男を殺すことによって、全ての縛《しば》りから解き放たれようとしていた。

「――これからも、俺はそういう存在であり続けるんだぜ。〈原作者〉のお前が死んだ後もな」

その瞬間は刻一刻と迫っている。

「ハァ……ハァ……」

露伴はもう、声を出すことも随分苦しくなっていた。平衡感覚を失い、その場に尻もちをついて、もう後ずさることすらできなくなっていた。

そして、オロボグがあと三歩も歩けば、露伴のもとへ到達する……そんな距離までやってきたとき、露伴は右手の人差し指を、ゆっくりと持ち上げた。それはヘブンズ・ドアーを使用するときの動作にも似ていたが、今この場でヘブンズ・ドアーが通用しないことは、露伴自身がよく分かっていた。

だから、その指が指し示したのは……オロボグではなく、その隣だった。

「〈電気椅子〉だ……」

かすれた声で、露伴はそう言った。

「……なに？」

「北本さんから、聞いた……あれは〈電気椅子〉だ……」

つられて目を向けた、オロボグのその視線の先に――一つ、〈折り畳み椅子〉が置いてあった。

〈ディレクターズチェア〉とも呼ばれるその椅子は、撮影現場でディレクターがよく使うことからそういう名がついた。そして、ずっと國枝が座っていたそのオリーブドラブの椅子は実際、もともとは北本が座るための椅子だった。

露伴はその椅子を指しながら、撮影現場で取材したことを語り始める。

「〈業界用語〉だよ……一部の放送局の文化で……サブスタジオにあるものを、そう呼んでいたが……今でも専門学校の用語集なんかには、載ってたりする……。視聴率や番組の出来栄えに責任を持つ立場の人間が座ることから、〈死刑〉を待つ気持ちで……ディレクターの座る〈椅子〉のことを揶揄し、〈電気椅子〉……と…………」

「……豆知識かァ〜〜？　なんの話を始めたんだお前はよぉぉ〜〜〜〜っ」

「君は〈オロボグ〉であると同時に、〈ＡＤ〉でもある……。どちらかが消えたわけじゃあなくて、〈癒着〉している……境目が曖昧になって……なら、君も呼んでいたはずだな。あれを〈電気椅子〉と……」

「……何を言い出すのかと思えば……」

そのとき、オロボグは少しだけ、尾原夢生という人間の人格に寄ったように思えた。

「そんな屁理屈で、俺を倒せると思ってんのか？　ゴボボボッ！　アンタ、原作者のくせに随分苦しいことを考えつくんだなッ！　ゴボボッ！　脳ミソカラカラになってパーになったかァ────？」

「〈認識〉が大事なんだ……。君もアレをそう〈認識〉しているはずだ……あの椅子のことを〈電気椅子〉だと……。だからスタッフから嫌われている國枝は、あの椅子に座らされていた……ささやかな意趣返しの意味を込めて……分かっていいるんだろ？」

「だったらどーしたってんだァ────ッ！　だからってよォ──、この俺がッ！　万が一にもアレに座ったりするわけねー──だろ！　脳ミソがブタになったかッ！」

「分かってるならいいんだ。ところで、オロボグの話の〈オチ〉は分かってるか？」

「トーゼンッ！　俺がお前を〈ブッ殺す〉って〈オチ〉だぜェェ────ッ！　カラカラになって地獄に〈オチ〉るんだぜッ！　岸辺露伴ッ！」

「いいや、全然違う。そしてお前……最後に自分の物語を〈ないがしろ〉にしたな。〈役〉を放棄して……力を奮うこと自体が、気持ちよくなっている」

「ブーブーうるせーぞブタがッ！〈ジャーキー〉みたいに乾燥して死ねェェ────ッ！」

「僕の描いた〈オチ〉は──」

そうして、オロボグがもう一歩、露伴のもとへ踏み出したとき──。

「──〈足を掬われて電気椅子に座る〉だ」

ずるん、と──オロボグの足元が滑った。

「なにッ……!?」

ふわりと、オロボグは平衡感覚を失った。

「な、なんだッ！ 滑るぞッ！ 床が滑るのかッ！」

水をたっぷり含んだ体が、まるで重力とは別の引力に引き寄せられるように、真っすぐに〈電気椅子〉へと向かっていく。

「床に〈ベビーパウダー〉を撒いておいた……乾ききった木材の上に、細かい粉……。そして、物を投げつけるときにバラまいた〈千切れたページ〉……足を乗せたとき、よく滑るようにな……」

「だ、だからって……嘘だろッ！ バカなッ！ お……俺の体が、椅子にっ！ 吸い寄せられるみたいに、真っすぐ……あ、抗《あらが》えないッ──」

「だから〈千切れたページ〉だよ……お前が踏んだのはな……。注意深く、離れてじわじわ嬲《なぶ》り殺しにしていればお前の勝ちだった。だが……お前はドス黒い感情に任せて、僕の罠に踏み込んできたな……。でも、それでいい。そうすると思ったよ……〈敵役〉ってのはそうでなくっちゃあな……」

「だからって、紙で滑っただけで――」

「ただの紙じゃあない」

そう、仕込みは既に済んでいた。

露伴が一階の広間に降り、物を散乱させたときから……いや、それよりもっと昔から、既に筋書きは組まれていた。キャラクターを動かし、物語を〈オチ〉へと向かう筋書きだ。

一度組み立てられた筋書きを辿れば、物語は結末へと向かう。

そうする術《すべ》を、漫画家である岸辺露伴は熟知していた。

「國枝を本にして、パウダーを撒いた椅子の周りに〈千切れたページ〉を散らした……主人公役の、國枝を足で踏んだんだ……分かるか？　そーゆー役割なんだよ……僕は一つだって、ヘブンズ・ドアーでお前に書き込んだりはしていない……最初から書いてあるんだ。

〈正しい筋書き〉は……最初からお前の中にある」

「なにィィィイイ――――ッ！　それじゃあ、それじゃあ――――ッ！」

「もう一度、言ってやる」

そして物語は、常に作者の作り出した主人公によって、結末へと導かれる。

「〈主人公に足を掬われて、電気椅子で感電する〉。それがお前の〈オチ〉なんだよ」

「この傲慢《ごうまん》なクソ漫画家がァァ――――――――――――――――ッ！」

そうして、オロボグの体は〈電気椅子〉へと収まった。

まるでそうすることが、はっきりと自分の役割だと分かっているように、まったくブレることなく見事に椅子に座ってしまった。

それはまさに、漫画のラストシーンと同じだった。

「――――うぎィィイイイイ―――――――――ッ！」

椅子に座ったその瞬間、オロボグは強く体を痙攣させた。まるで実際に、その椅子に電気が流れているかのようだった。

もちろん、それは単なる椅子だ。しかし彼自身がそれを〈電気椅子〉だと認識しているのは確かだった。そして……たとえ家庭用コンセントの電流ではダメージにならないとしても、〈電気椅子にかけられれば感電し、敗北する〉。

そこまでがハッキリと、最初から――――オロボグの中に記されている〈筋書き〉なのだ。

「……ゴボッ」

何度か体を痙攣させると、やがてオロボグは項垂《うなだ》れて動かなくなった。ずるりとカツラがずれて、白目を剥《む》いたＡＤの顔があらわになった。そこに居たのは、漫画の中から抜け出てきた怪物ではなく、単なる人間だった。

「ＡＤは……ヤバそうだが死んじゃあいないな。最後の最後で、恨みを優先しすぎて〈オロボグ〉との同一視がズレたからか、しょせん本物の電気椅子じゃあなかったからか……。ともかく、こういう〈オチ〉だ。それにしたって、だいぶ僕の漫画の内容とは、違ってしまったような気がするが……」

流石に、露伴も随分と疲労した。

奪われた水分は戻ってこないし、相変わらずダメージは残っている。オロボグに襲われた人間が命を取り留めたとしても、これではドラマの撮影は中止になるだろう。この後は病院での治療も必要だ。

ハッキリ言って、後味のよくないことになってしまったが――。

「……〈役者の体に憑依する怪物〉……っていうのだけは、面白いかもな……」

――それでも一つ、ネタはできた。

露伴はクーラーボックスに手を突っ込むと、まだかろうじて残っていたスポーツ飲料のペットボトルを一つ開けて、口をつけた。

「ああ………でも、美味いじゃないか。喉が渇いてるときの水分ってのは……そーゆーとこには、國枝ほどこだわりがなくてよかった、ってとこかな……」

喉に潤いが染みわたっていく。電話をかけられる程度には、気力も戻った。

誰も「カット」の声をかけなくなったその場所で、やがて聞こえてきた救急車のサイレンが、事態の終わりを告げていた。

オロボグによって始まった恐怖の物語は、こうしてオチがつけられたのだった。

「――それが、あの〈異人館の悲劇〉の真相だ」

そうして、一連の出来事を振り返り終わった頃には、ビーフシチューはすっかり平らげられていた。

一部始終を聞き終えた白原は、食後に運ばれてきたコーヒーの、ゆらめく湯気の向こう側で、目を白黒させていた。

白原が指摘した通り、かの出来事はあくまで〈事故〉として報道されていた。

残暑の気温を軽視し、健康管理を怠ったが故の〈集団熱中症〉。そういうことで処理されたし、現実にはそう結論づけるほかなかった。

「重体四名、重症の脱水症患者がさらに複数名……後遺症が残った人間も出た。〈オロボグ〉の化身となったあのADも、以前通りには生活できなくなった。はっきりと死者が出なかったのは、僕の漫画の中で〈オロボグ〉に殺されたキャラクターがいなかったからに過ぎない」

「……そんなことが、あの撮影で……本当に……」

そんなオカルト話――と笑い飛ばしたいところだったが、今度は白原も笑わなかった。なぜなら、白原も出版業界で生きる人間である以上、そういう類例には心当たりがあったからだ。

ドラマに限らず、映画、ゲーム、漫画……あらゆるメディアで、〈元ネタ〉に祟られるという話は、決して珍しいものではなかった。

さる平安時代の武将を元にした〈祟り神〉や、元禄《げんろく》時代の怪談に登場する〈悪霊〉。かかわった人間に不幸をもたらす、創作における〈タブー〉のような存在は、確かにある。

そういう現象を軽視してはならないと分かる程度には、白原は出版業界で生きてきた。

そんな白原を見据えながら、コーヒーカップを片手に、露伴は話を続けた。

「信じがたい話かもしれないが……そーゆーものなんだよ。漫画に限らず、創作ってのは力だ……扱ったネタによっては、思いもよらない力で、現実に影響を及ぼすこともある。だから、一度世に出した作品には、責任を持たなくっちゃあならない」

やがてコーヒーを飲み干すと、露伴は席を立った。この食事は白原の奢《おご》りということになっているし、話すべきことも話した。もう、他にするべきことはなかった。

「ろ、露伴くんッ！」

その背中に、白原は追いすがった。

「君の懸念は分かった……だが、だとしたらなぜ〈新装版〉には頷いたんだ？」

「だから……責任ですよ、白原さん。僕は描いてしまった作品に対しても、責任を取らなくてはいけないが……」

露伴は少しだけ立ち止まり、肩越しに白原へと目線を向けた。

「あの作品をもう一度〈読みたい〉と思ってくれる読者がいるなら、そっちの責任も取らなくてはならない。自分の作品が、誰かを感動させたのなら……絶版にはしない。それに、あくまでも漫画なら、僕の手綱を離れやしないからな……」

それを最後に、露伴はもう振り向かなかった。

革靴のコツコツとした音が磨かれた床を叩き、やがて遠ざかっていった。その音を聞きながら、白原は改めて、露伴の話について考えていた。

「……待てよ」

〈責任〉。露伴はそう言った。

実写映画化には頷かなかった。しかし、新装版の出版は既に原稿を受け取るところまで話が進んでしまった。

作品を改変したり、他人の手に預けたりしない……それだけではなく、一度発表してしまったからには、出版から逃げてはならないという〈責任〉。

「あの漫画に、そういう危険なエピソードが含まれてるってことを、私にしっかり説明したのは……映画化を断るだけじゃあなく……」

改めて、白原は新装版の編集作業に、どれほど真剣に向き合わねばならないか、どれほど〈責任〉をもって再び世に出さねばならないか。そのときになって、ようやく理解した。〈異人館の紳士〉はバイオレンスな漫画だ。けれど、表現をマイルドにする改変や、時世に合わせたアレンジなど、露伴の話を聞いた後ではとても提案できない。台詞一つ差し替えるのだって、どういう影響を及ぼすか分かったものではない。

漫画の表現に手を入れるなら、その〈責任〉は自分にもかかってくる。

「……ウ～ン……」

今更〈じゃあやっぱり新装版はよそう〉なんて言おうものなら、それはオロボグを〈ないがしろ〉にしたのと同じようなことに、なってしまうだろうか。

白原はカップに残ったコーヒーを飲み干しながら、レストランで一人、そんなことを考え続けていた。

5LDK○○つき

それは〈侵入〉してくる。

人の作った区切りや、論理など越えて。


「――家の中に籠《こ》もっていても、良いネタは出ないけど、仕事をするのは家の中……漫画家ってのは、つまりはそーゆー仕事……」

パソコンに繋いだカメラに向かって、岸辺《きしべ》露《ろ》伴《はん》は話しかけていた。

「外の世界の空気を吸って、土地のエネルギーをもらう……けれどそれを練り上げて形にするのは、腰を落ち着けてないといけない。〈拠点〉が大事ということ……故郷と呼べる〈土地〉があり、帰るべき〈家〉がある……〈家〉。衣食住という、人間の文明を形作る三本柱のひとつ。……ある知人の話をしましょう」

今回はインタビューとかではなく、記録映像。まだ漫画にしていないネタをコメントで残しておく試みのひとつ。

　カメラに目線を向けたまま、露伴は机の上のアルバムを開いた。

「彼は〈建築写真家〉……不動産の宣材写真とか撮って生計を立てています」

　アルバムの写真には、家の室内が写っている。洒落た建築とかではなく、築十数年の団地の一室や、ごく普通の民家の浴室。どれも一目見て映えるものではないが、その物件に染みついた生活感を、飾らずに切り取っている。

「仕事の写真から〈作品〉になるものを抜粋して、個展も開いているアーティスト。〈家〉に対して性癖を持っていて、とにかく生々しい室内写真が持ち味。人の思惑や性質が根づく、欠陥住宅だとか事故物件だとか、そういうものには特に目がない」

　虚空を指でなぞりながら、露伴は記憶の中の、〈彼〉の人柄を説明していく。

「彼とは、あるタレントのデザインしたマンションを取材していて知り合いました。寝室にバスタブがあるから、湿気がリビングに流れ込むような家。彼は写真を撮る〈部屋〉に向かって、グラビア撮影みたいに語りかけるんです。〈いいよ、綺麗だ。スゴォ〜〜〜〜くキャワイイッ！　しっとり濡れた木肌のところがセクシー――ッ！　ジュルルッ！〉とか……強烈なのでつい取材しに行ってしまいました」

　露伴はカメラに向かって、軽く身振りを交えながら話し続ける。

「で……その変人の彼が昨年、一軒の〈家〉を借りました。それが随分奇妙な家だということで、ぜひまた取材に来ないか……と呼ばれたのが今回の話。大事なのは、人は〈家〉

に根づいていて、〈家〉は〈土地〉に根づいているということ……全ての下地には歴史があって、そこには常に〈いわく〉がついてまわること。だけど〈家〉というのは建物の名前ではなくて、あくまで人が帰るべき場所を〈家〉と呼ぶこと……」

そして前置きが長くなったが、本題はここから始まる。

「つまり〈5LDK・いわくつき〉。……次のエピソードは、そーゆー話」

杜王町《もりおうちょう》の南西。S市駅から地下鉄で二駅ほど。

江戸時代に城下町として栄えたその地域は、現在でこそ中心街から外れるものの、未だ商店街の一角を占めるなど、その名残《なごり》を残している。

川へ向かって緩やかに坂を降《くだ》れば、在りし日の城跡へ向かう、大きな橋。その大きな通りから一本逸《そ》れたところにカフェがあって、香ばしいコーヒーと共に、自家製のハムや、ラム酒の効いたカヌレを楽しめるのだが、本日はそちらに寄る用事はなかった。

「蒸し暑いな……。昨日はひどい雨だったし……今日も降水確率八十パーセント。あれ妙に区切りいいけど、どう算出しているんだ?」

曇天。傘をさすほどでもないような、霧雨が包み込む本日。

その日、カフェに腰を落ち着けることもなく、商店もなければ史跡もない、坂道の住宅地を露伴は歩いていた。

梅雨前線は、どうやら奥羽《おうう》山脈に沿うように北上を続けていて、湿った生ぬるい風が街に陰気を運んでくる。

四季が春から夏へと変わりだす、成長痛のような六月。

あちこちの軒下《のきした》に巣を作ったツバメの子は、どこか恨めしそうにも見える。人を含めた動物たちは憂鬱に包まれていたが、一方で街路樹の緑は色濃く、生命のパワーを蓄えている。

そういう自然の移り変わりの中で、文明が舗装したアスファルトの上を、露伴の革靴がコッコツと音を立てて叩いていく。

散歩というわけではなく、目的地のハッキリした歩み。そうでなければ、わざわざS市まで出向き、大通りを逸れて歩きはしない。

とはいえ、普段は歩かない道、一見何の変哲もない宅地を歩くのもそう嫌いではなかった。家々の外装にはそこに住む個人の人格が表現されているし、道路一本見ても歴史と、今の人々の営みが宿っている。

ときおり立ち止まり、スマートフォンに表示された地図とあたりを比べながら、やがて、曲がり角のあたりで足を止めた。

「もしかして〈鳥居〉か？　この小さいの……真っ二つになってるが」

その鳥居らしきものは家と家の隙間にぴったり収まっていた。人の背丈より少し小さくて、細い木製で、割れていた。社《やしろ》はそれより小さく、抱えられる程度の木箱のようで、土台が傾いていた。神聖さよりも、どこか哀れに見える一角だった。

「塀と塀の間でギュウギュウだ。区画整理から取り残された感じのようだが……道祖神《どうそじん》か何かだったのかもな……」

どうやら両隣の民家の敷地は、いちおうその社らしきものを避けるようになっていた。地面に草は生えておらず、もしかしたら誰か手入れはしているのかもしれない。けれど、近くの民家が新しいこともあって、そこだけ時間の流れに置いていかれたような寂しさが宿っている。

いや、実際のところ、そこは他の土地より時の流れが遅いのだろうか。

ある研究チームの実験で、スカイツリーの展望デッキと地上、高低差約四五二メートルの間では十億分の四秒ではあるが、微かに時間の流れに差があるという結果が出た。

時間は一定ではなく、常に未来に進むわけでもない。人知を超えた力や現象に親しんだ露伴はそれをよく知っていた。

「でもたしか、これが目印ってことだから、つまりこの坂の上……あれだ」

見上げれば、家やアパートが立ち並ぶ坂道の先、突き当りに一軒の家が見えた。

二階建ての住宅。外壁は綺麗な感じだが、どこか歪《いびつ》に見えるのは、おそらく築年数の古い物件をリフォームしたからだろう。

緩い坂道を登り切って、その家の前へたどり着く。まわり込むと、表札つきの門柱と玄関が現れた。庭は狭い。

近くで見ると、いっそうチグハグな印象のある物件だった。白い外壁は新しめで、インターホンも新しい型。一方で玄関が木製の引き戸というのは、どうにもレトロな感じに思える。

古い骨組みに、新しいガワをつけたような建物。

しばし待つと奥から足音が聞こえてきて、引き戸にハマったガラス越しに人影が見えた。がたがた、ぎぎぎ、と嫌な音を立てて引き戸が開き……男は姿を現した。

鍛えた体に、日本人離れした彫りの深い顔立ち。バンダナの下から垂れた前髪は、少し鬱陶《うっとう》しい印象を与える。それは確かに、露伴の知った顔。

高島麗水《たかしまれいすい》。この男こそが今回、露伴が訪ねてきた相手。

つまり、この奇妙な家を借りた張本人だった。

「〈コーヒー〉派と〈抹茶〉派……拘《こだわ》りが煩《うるさ》いのは、どっちだと思う?」

キッチンでコーヒーを淹《い》れながら、高島麗水はリビングのソファに座る露伴へと声をかけた。

入り口から見て上座《かみざ》に当たる位置に置かれたソファは安い作りであるがクッションが置かれ、床は丁寧に掃除が行き届いていた。何の変哲もないリビングではあるが、来客に対し失礼にならないようにという意識は感じられる。台所は角度的に見えないが、酸っぱそうな豆の香りがガラス戸の向こうから漂っていた。

そんな戸の向こうから不意に投げかけられた、つかみどころのない質問に、露伴は数秒だけ固まってから、一応答えた。

「……。……コーヒー?」

硬い声音《こわね》に、麗水は歌うように返事する。

「このナゾナゾの場合、正解は〈抹茶〉……〈オイ!　その飲み方はちょっと待っちゃ〉!つってね……でもオレはコーヒーに抹茶よりかなり拘る。来客へのもてなしは、可能な限り全力で行うことが、家主としての務めだと思っているからだ……もう少し時間かかるが、大人しく待っちゃしててくれるかな、露伴先生……つってね」

「……あー……」

それだけで露伴はもうこの会話が嫌になった。一言発するだけで、喉《のど》から染《し》み出《だ》す疲れが体中に広がるようだった。

本当に一瞬「帰ろうかな」なんて思ったが、取材する気でＳ市までやってきたんだから、という思いが、ギリギリその場に踏みとどまる力になった。

「……小粋なトーク試みてるとこ悪いんだけどさァ――、麗水くん。漫画家って普段、軽妙な会話叩きあう感じの仕事してないから。机の上のアルバム見てていいかい？」

「ああ、漫画家って口下手《くちべた》のイメージあるよ。どうぞ」

「よかったよ。これからもどうかそのイメージを守っていきたいね」

早々に会話の流れを切って、露伴はテーブルの上に目を落とした。軽く頭痛を感じるのは、低気圧のせいだけではなさそうだった。

高島麗水は、一言で言えば自分のリズムで生きているタイプの男だった。

社会人とは思えないほど、どこか幼さを残した男。マイペースが基本であり、人を自然と自分のリズムに乗せてしまうところがあって、こんなつまらないジョークにも苛立《いらだ》ったりツッコんだりすれば、ドツボにハマって延々としゃべらされてしまう。空気を読むことを知らない子供のような、相手をムキにさせる力がある。

漫画家にも小説家にもこういうタイプは一定数いる。

つき合いの長くない露伴ですら、正面から相手をするといつの間にか、必要以上に体力を使っている。意味のない世間話はしたくなかった。

露伴はテーブルの上に置かれたアルバムを見ようとして、傍《かたわ》らの紙切れに目を留めた。Ａ４サイズのペラ紙で、「空き巣頻発注意」のチラシ。露伴は玄関戸の古さを思い出し、この家は狙い目だろうな、とぼんやり思った。

カチャカチャと奏《かな》でられる食器の音をＢＧＭにして、露伴はアルバムを一枚一枚、丁寧にめくっていた。

麗水の写真のコンセプトは〈生きた家〉、転じて〈生々しさ〉だ。つまり綺麗なだけではない、人の生活についてまわる穢《けが》れや淀みも、魅力に消化する力だ。

それらはネットに溢《あふ》れる見栄えのいい物件紹介に比べれば、現実感が宿っている。

「どうかな露伴先生。そのへんは未発表作品もチョイチョイあるんだ」

「ン――……良いんじゃあないの。写真家としての君の腕は認めてる」

「そうかい。どの写真が特に良い？　気に入ったのがあったら、焼き増しするけど」

少しの間があったが、露伴も写真のことなら会話に応じてもよいと思い、返事を返すことにした。

「例えば、この〈半島にて〉って写真だけど……〈大黒柱〉についた傷や汚れ、時の流れと共に起こった劣化をむしろ目立つようにして、質感がスゴく生だ。住人が想像できる。部屋が人格を表現していて、生活感が息づいてるというか……漫画で描きたいのは風景や構造じゃあなくて、キャラクターのいる空間で、空気感なんだ。だから資料写真には、こーゆーのは助かる」

割と素直な露伴の賞賛に、麗水の声は弾む。

「それは伊豆の古い民家だったかな……。ワサビ農業を営む豊かな家だったが、前経営者の自殺を期に、息子が一新を図ってね。五年ほど前に味気ないモダニズム調に改築した。その前に撮ったんだよ。オレは断然、前の方が好きだったが……改築後も、あと十数年もすれば味わい深くなるだろうね」

「ふーん……しかし、フィルムなんだな。しかもこれ、ポラロイドフィルムだ。〈チェキ〉とかでもないだろうし……今どきこーゆーの、カメラ本体はけっこうな年代ものじゃあないの？」

いいところを突いた、とばかりに麗水は声のトーンをわずかに上げた。

「まー……つまり、光を生きたまま捉える、ってとこが好きなんだな。デジタルは綺麗になるけど、一度ＣＣＤセンサー通した光は、効果フィルターかけても生々しさは残せない。無機質になるんだな……被写体は無機物でも、写真が無機質になるのはダメだ。オレは拘りとして使っているが、昔は現場写真といえば、殆どポラロイドだった。アトランダムなちらつきや、官能的な陰影のポラロイドだよ」

「へえ……」

「それに近頃のカメラってのは本当に高性能で、綺麗な写真を撮るってことはプロなら当たり前にできるんだ。そんなことより、オレにできることをしないとしかたない。じゃあないと、機械に仕事取られちまう」

「絵を描く仕事としちゃあ、頷《うなず》くとこだね……」

とりとめもない話をするとき、高島麗水という男は露伴の神経を逆撫《さかな》でしたが、こうして写真や建築といった仕事のことを語らせる限りは、そうではなかった。

そこにポリシーがあり、表現者としては欠かせない熱がある。

そういう芸術家としてのスタンス。端々から感じる表現者としての姿勢に信頼があったからこそ、露伴は本日、彼が借りたという〈奇妙な家〉を取材する気になったのだ。

やがて、やっとコーヒーを淹れ終えた麗水は、トレーに二人分のカップを載せてリビングへとやってきた。

そして露伴の向かいへ腰を下ろすと、静かな調子で語り始めた。

「なあ露伴先生。その景色は〈過去〉だが、写真の中では常に〈今〉だ。写真家ってのは、〈実像〉を〈画像〉にする代わりに、その時間を止めておく仕事なんだよ」

「へー……大げさに言うじゃあないか。時間を止めるって？」

言葉通りなら、スタンドにしても大層な力だろうな、と露伴は思う。だが芸術家が磨いた技術というものは、精神の力そのものだ。軽く返してみたが、いち芸術家としては決して大げさな表現ではないと思っていた。

麗水も露伴がプロの漫画家であるからこそ、嗤《わら》わないことを分かっていて、続けた。

「そうだ。それが写真の本質だし、それを理解して働くべきだと思っている……でも逆に言えば、スペシャリストってのは他のことに疎《うと》い。そういう意味じゃあ、オレは漫画家という仕事を尊敬しているんだ……やることが、オレたちと逆だからな」

「逆ゥ？」

「つまり……写真家は現実の時間を止めて〈画像〉を作る。瞬間の表現なんだよ。が、漫画は〈画像〉を描くことで物語を生み出し、時間を動かす仕事だ……つまりオレとは逆なんだよね。オレにできないことをする人間を、オレは尊敬している。だからこそそれぞれの道のプロがいるのだし、専門的なことは専門家がするべきだとも思っている」

「……ふうん」

露伴はカップを取り、コーヒーを一口すすった。

随分長い時間をかけて淹れていたからか、濃い褐色の液体は強すぎる酸味を感じたが、コーヒーが楽しみで来たわけではないので、よしとした。

そしてカップをソーサーに置く硬質な音を合図に、会話は本題へと入っていく。

「それで？　写真家の君は、一体漫画家の僕に何ができると期待して、わざわざ取材に誘ったんだ？」

「つまり、なんというか……」

麗水は一度迷うように、掌《てのひら》で空中を扇いでから、切り出した。

「妖怪退治とか、やってるんだろ？」

「……誰が？　何やってるって？」

「露伴先生が」

露伴は怪訝《けげん》そうに眉を顰《ひそ》めた。

「……妖怪退治ィ〜〜？　いつの間に僕は妖怪ハンターになった？　流石に初めて言われたけれど、一体何を……誰から何を聞いたら、そーゆー話になるんだ？」

「一部で評判なんだよ。六壁坂村《むつかべざか》の妖怪伝説を調べたんだろ？　ヴェネツィアで幽霊を見たって話もあるし、霊界に繋がる路地から生還したって聞く……建築系ってのは迷信ごとに敏感だからな、そういう噂ってのはかなり入ってくる。〈ピンクダークの少年〉の大半は経験談だとか、アンタを探偵だって人もいるじゃあないか」

「どーゆー噂なんだよそれェ〜〜〜〜〜〜……」

知らないうちに漫画家でないものにされているのは大変不満だったが、羅列されることの八割くらいは事実なので、露伴は唇を噛んだ。まあ逆に考えれば、そういう評判で露伴を呼びつけた以上、麗水の抱えているものは確かに〈奇妙なこと〉であろうという期待もそれなりに膨らむわけだ。

十秒ほど悩んでからソファに座り直すと、露伴は麗水に向き合った。

「ハァ――……じゃあ、とっとと話せよ、この家のことを。君の大好きな事故物件か欠陥住宅か知らないけどな……僕は泊っていく気はないし、今日はラグビーの独占配信試合の時間までには帰るつもりなんだ」

「露伴先生、スポーツ観るキャラなの？」

「スポーツなんか漫画に頻出するテーマだろ。観るよ」

「なるほどなァ～～、じゃあやっぱり妖怪も退治した方がいいよ。じゃあないと妖怪ハンターは描けないもんなァァ～～」

麗水も向かいに座り、書類用のバインダーをテーブルに置いた。

そして麗水は物件情報の書類を並べながら、話し始めた。

「――まず、露伴先生がここに来るまでに実体験したと思うが……この借家は地下鉄駅から徒歩でだいたい十五分。坂道があるから、体感はもっとかかるかな。でもアクセスはそんなに悪くない。商店街は近いし、S市駅までもすぐだ」

「……まー、立地は良いんじゃあないの？　コンビニとか遠いが」

「敷地は四十坪で、5LDK二階建て。延床面積《のべゆか》は105・98㎡……一人暮らしにはかなり大きくて、部屋も多い。ペット可だが、オレは家の中にケダモノの毛が落ちるのは我慢ならないから、代わりにデジタルモンスターを買った」

「必要なことだけ話してくれるかなぁ〜〜」

「そして家賃が月に八千円――」

「なんだって？」

思わず露伴はソファから腰を浮かせた。そして通常、失礼とされる仕草ではあるが、指を立てて確認するように復唱してみせた。

「地下鉄駅から十五分の……四十坪、二階建ての５ＬＤＫが……月に八千円だって？」

「だから浪費家のオレでも借りられた……お値打ちだろ？　どう思う？」

「〈いわくつき〉だねッ！」

「ご明察ゥゥウ〜〜〜〜〜〜！」

麗水はグータッチを求めたが、露伴は無視した。

「とーぜんオレも〈いわくつき〉を疑ったさ……〈告知事項の説明義務〉ってのは、賃貸だとたったの〈三年〉だからな……カタログに記載がなくても、過去に何かがあったことはすぐ想像できた。当たり前の権利として、不動産屋に尋ねたよ。この家賃設定には意図があるのか？　この賃貸住宅には何の〈いわく〉があるのか、ってね……」

「フーン……。……で、どーゆー〈いわく〉なんだよ？　結局そこが具体的に分からないことには、僕も腰据えて取材しようって気にはならないわけだが」

話を聞きながら露伴はソファに深く座り直し、ひじかけを使いながら足を組んだ。腰を据えて、続きに聞き入る構えだった。

そして麗水の口から、答えは出た。

「〈不明〉だ。何も分からなかった、、、、、」

「……何も？　管理してる不動産屋に聞いたのにか？」

「厳密には、誰も知らなかった……どっかから買い上げた物件だと言うんだよ。だが、とにかく価格設定はずっと安いままで、空家になるたび入居者を募集している。つまり何か、特別な事情が存在するのは確実なんだが……」

「……つまり権利が渡される前の記録が消失していて、この家の歴史に空白がある。それで何があるか分からないのに、何かの〈いわくつき〉なのは確かだって言いたいのか？」

「〈買い〉だろ？」

「……事故物件マニアとしちゃあ、買いなんだろうけどな……」

「あーーッ、もっと言ってもっとッ！　でもオタクの方がいいな。事故物件オタク」

「君のテンション気持ち悪いなァーー……」

露伴とて、以前は妖怪のいる山を買って破産した。もっとも、それは漫画のネタにするためであり、麗水の場合は単なる性癖だ。一緒にはしないでほしいと露伴は思ったが、麗水の嬉しげな顔は、露伴に親近感を抱いたしるしだった。

「とにかく……オレは女にはモテないが、今までに色んな家と寝てきた男だよ」

「寝るのは自分ちだけにしたら？」

「だからさッ！　この家にはスゴい〈フェロモン〉があるんだよ。何も分からないが、何かある気配はムンムン感じる。そうだろ？」

「人によるだろ。だいたい、木材と釘の塊から何のフェロモンが出るんだか分からない」

「つまり……家って、独特の匂いがあるだろ？　アレは人間の体臭が移ってるんだぜ。動物ならかぎ分けられるような、色んな感情フェロモンの染みた体臭が、壁紙や柱に染み込んでいく……写真も家も、人の魂を吸って、宿すんだ」

麗水は、やや興奮気味に机の書類に手を伸ばした。物件情報の書かれた書面をパラパラとめくりながら、目を爛々と輝かせる。

「もちろん、物件情報には載っていないこともある。不動産屋に尋ねて分からない部分は、個人的に調べたさ。すると、過去にこの家を借りた人間は、意外と多いことが分かった」

「安いからだろ？　人が死んだと言われれば気持ちは悪いだろうけど、結局そこをボカすなら、この価格だ。契約したい人間はいくらいたっておかしくない……不景気だしな」

「過去五年では五人だな」

「……え？」

露伴の返事は、思わず素っ頓狂な声音になった。

「オレを含めて、どうやら五人がこの家を借りた。より過去に遡《さかのぼ》れば、もっとだ。十年前まで遡れば十人、さらに遡れば同じペースで増えていく……」

「オイオイオイ、待てよ……おかしいぞ」

雲行きが怪しくなってきて、露伴は思わず一度会話を遮《さえぎ》った。

「つまりそれじゃあ、単純に……一年ごとに契約者が変わってるじゃあないか。短期学校の学生寮じゃあないんだぞ。仮に転勤の多い職種の社宅だとしても、ハイペースすぎる」

「もちろん借主はバラバラだよ。何か関係のある人間というわけじゃあないが、だいたいはオレみたいに経済状態のよくない人間……。それが全員、この家を借りてから、六月に出ていっている。……いや、表現として正しくないな」

「……どーゆーことだ？」

「言いなおそう。この家に住んだ人間は皆、決まって六月。大雨の翌日に蒸発している」

「なんだってッ!?」

急激に、話が緊張感を孕《はら》んできた。

露伴は思わず背もたれから体を起こし、食い入るように身を乗り出した。事情と原因が分からなくても結果だけはハッキリ存在している。

「つまり……こう言いたいのか？　〈この家を借りると、六月に神隠しに遭う〉のだと……麗水、君が借りたのは、そーゆー家だって結論か？」

「まだ推論だが、そんな話になるよな。過去にこの家を借りた人間たち……彼らは皆、身寄りに乏《とぼ》しくて、行方をくらませてからなかなか捜索が行われなかったって事情もあるらしい。だから行方不明者の数に対して、奇妙なほど騒がれてなかったりする。近隣の山林や河川で時折、身元不明の遺体は見つかっているがな。……ただし……」

麗水は右手の人差し指を、目の前に立てた。

「ただ一人だ。……ただ一人、行方不明になった後に、〈遺書〉を残していた女性がいたらしい。いや、〈遺書〉と言っていいのかは分からないが……そこにはただ一言、こう書かれていたそうだ」

麗水は、露伴に向かってその台詞を再現する。


「私は〈天国への扉〉を見つけた」


「……なに？」

その言葉は、奇《く》しくも露伴にとっては、聞き逃せないものだった。

「……〈天国への扉〉だと？　君は、今そう言ったのか？」

それが露伴のスタンド能力ではなく、この奇妙な家のどこかに存在する扉なのだとしたら。今までの住民は全員、その〈天国の扉〉を見つけたのだとしたら……彼らは実際に〈天国〉へ行ってしまったのだろうか。

そうなると高島麗水は、これからどうなるというのだろうか。そこからが話の引き込みどころだと麗水も分かっていた。声を少し低くして、麗水はまるで怪談を語るように、話を続ける。

「……一体どうして過去の住人たちは、この家から姿をくらましたのか？　彼らは皆〈天国への扉〉を見つけ、〈天国〉へと行ってしまったのか……？　ちょうど、昨晩は梅雨入《つゆい》り最初の〈大雨〉……去年の七月に住み始めたオレが、初めてこの家で経験する六月。露伴先生……もしオレが〈天国〉を見つけるとしたら、今日なんだよ」

息を呑《の》む露伴を見つめながら、麗水は一口、コーヒーを啜《すす》る。

それから、岸辺露伴をここに呼ぶと決めた時点で用意しておいた台詞《せりふ》を放つのだった。

「つまりこの家は〈5LDK・天国つき〉……漫画にしたら、面白そうかなってさ——……オレ、思うんだよねェ——……」

「…………」

否定する理由は、どうやら見当たらなかった。

「見た感じ、間取りに妙な部分はない」

テーブルの上に広げられた、家の間取り図を眺めながら露伴が出した結論は、そういうことだった。

「ただ、外観はキレイにしてあるし、壁紙なんかもそうだが……間取り図を見ると、作りの古さは否《いな》めない。骨組みはサザエさんちみたいな昭和の建物だ」

「露伴先生の見立て通り、この家は古いよ。築年数は不明だったんだが、床下の土台は劣化してそうだ。〈ドブネズミ〉が出るんだよ……たまに玄関で見る」

広げられた間取り図を指でなぞりながら、麗水は続けた。

「基礎設計も、現代建築的な〈動線〉が考えられてない。壁や段差を廃するといった考えがなくて、個室が区切られた封建的な作り……建築思想が〈バリアフリー〉じゃあない。それでいて、各部屋は〈襖《ふすま》〉で接続されていて、なんと部屋と部屋を古い日本家屋みたいに行き来できてしまう……だから逆に〈プライバシー〉の概念も薄い」

「だけどそれって、結局古臭いってだけだろ？」

「古臭いってのは、やっぱりそれだけで不気味だったりするんだ……建築史家のアンソニー・ヴィドラーの著書によると、慣れ親しんだ空間にこそ、それだけ人間は恐ろしいものを見出すって話だからな」

「〈不気味な建築〉か？　僕も読んだな、市立図書館でだが……。アレ単純に言うと、下手に作ったお化け屋敷より、夜の学校の方が怖いってだけの話だろ」

「オレのバイブルなのさ」

「そーなの。切らしてた綿棒買って帰る予定の次くらいに覚えとくよ……しかし、どうしてこの家は、壁紙とかは張り替えているのに、間取りは古臭いままリフォームしていないんだ？」

「それは……断熱の問題だろーな。S市は寒い地域だ。リビングを広く取ると暖房も強化しなきゃならないし、外壁の断熱材も良いのにしなくてはならない。柱だって適当に切っていいものじゃあないんだ……。間取りを変えるってのは金がかかる」

「つまりケチってるんだな」

露伴はリビングを見渡し、肩をすくめた。

「その割には……電話回線が光ファイバーだったり、インターホンがカメラつきの新しいのだったりするようだが」

「そりゃあ、今ドキは光回線もないと誰も住まないからな。インターホンも防犯面への配慮……この一帯は空き巣が多いらしくて、注意喚起のチラシがちょくちょく入る。いくら安くても、そこは入居者への最低限のアピールってヤツだ」

「ガスと水道に加えて、インターネットも必須インフラの時代か……」

なるほど、こうして話してみると、やはり高島麗水という男は職業柄、この物件の特徴にも明るいようだった。いっそのこと麗水をヘブンズ・ドアーで本にしてあれこれ読んでみるのが手っ取り早いだろうが、彼に専門的な話をさせながらガイドを任す方が、〈取材〉としては実りがありそうに思えた。

露伴は頷きながら間取り図を片づけた。

「とりあえず、古臭い理由は分かったよ。だが〈怖い間取り〉案件かと思ったら、そうでもない。……と、結論づけるのはまだ早いかもしれない」

「というと？」

「間取り図と実際の間取りが合ってるって保証はないからな。家を選ぶとき、ホームページの間取り図や写真だけで判断するとバカを見るから、ちゃんと内見するだろ？」

「なるほど。じゃあついてきてくれ……実際に、キッチンから案内しよう」

麗水が立ち上がると、露伴もその後を追って歩きだした。

まずはリビングから、大きなガラス障子越しに繋がったキッチンの方へ。広く陽光の差し込むキッチンは、照明がなくても随分と明るく見えた。

露伴はチラリとシンクの方へと目を向けたが、コーヒーフィルターや生クリーム搾《しぼ》り器や、なんだか知らないがシェイカーだとかアク取り網が置いてあった。

「君、これでどーゆーコーヒー淹れてたんだ？」

「露伴先生がさっき飲んだよ」

「あまり淹れ方を想像できる味じゃあ、なかったけどなぁ〜〜……」

呆《あき》れながら、露伴は屈んでシンクを覗き込んだ。

今どきではなかなか珍しい、壁面までステンレス張りのキッチン。住宅の台所というよりも、レストランの厨房《ちゅうぼう》を思わせる無骨な作り。しかしピカピカに磨かれていて、麗水の無駄なこだわりを感じなくもない。

「フム……」

ふと視線を逸らすと、キッチンが明るい理由が、窓のせいではないことが分かった。そこにあったのはガラス張りの扉。ここから広く光が差し込んでいた。

露伴はその扉に近づきながら尋ねた。

「これは……〈勝手口〉か？　今どきの洒落た感じではない、昔ながらのって感じだが」

「実際古いんだ。このメーカーの扉はとっくの昔に流通していないはずだからな」

「これは間取り図になかったんじゃあないか？」

「開かないからだろ」

「開かない？」

露伴はその扉をじっと観察した。扉のフチが〈コーキング〉で封じられていて、確かにまったく開きそうになかった。

「カギの紛失とかで、防犯上の措置ではめ殺しになってる。だから機能としては、単なる大きな窓でしかない。カーテンないから丸見えだし」

「雑な管理だなぁ～～～～、家賃八千円ってんだからしょうがないんだろうけど、開かない扉があるなんて、普通ならクレーム入れられるぞ」

「そーゆーとこがいいんじゃあないかァァ～～～～！　トマソンの類《たぐい》ってすンごい、グッとくるだろ!?　続くところのない階段とか、行き止まりの廊下なんか最高だ。露伴先生だってミステリアスな女は好きだろ？」

「……君に僕の趣味嗜好を語った覚えはないが、ひとつ教えといてやると……少なくとも自分の想像が正しいと決めつけて、同意を求めてくる人間は好かないぞ」

「それは確かに、自分で嫌な人間になってた気がするよ。悪かった」

麗水は少し肩を落としながら、失言の跡を掃《はら》うように話題を戻した。

「まあとにかく……窓として、フツーに景色も良いんだよ。ここは坂の上になっていて、勝手口が坂道側に面している。元々は近くのゴミ捨て場へのアクセス用だったんだろうが……今日は曇っているのが残念だが、秋は夕日が綺麗なんだ。西へ沈んでいく陽《ひ》が真横から照らすと、家々のシルエットがグラデーションになってとても素敵になる」

「……フーン。天気のいい日にそれを確かめに来るかは、考えておくが……君はもしかして今日〈蒸発する〉かもだしな……」

「露伴先生、けっこうジョークきついなァ――!」

麗水はあまり笑えないジョークに苦笑していたが、とりあえず、それ以上は露伴が気になるようなところはなかった。開かない勝手口をそのままにする管理のズボラさが分かった程度だ。

もっとも、〈天国の扉〉という言葉はやはり気になっている。

わざわざ残された開かない扉など怪しすぎたが、あれこれ調べたところで、それはただの既製品の扉だった。

何か特別な作りではなくて、押しても引いても開かないことは確か。その扉を取り扱っているメーカーがとっくに潰れていることもネットで確かめた。カギの替えがないわけだ。

続いて、二人はリビングを出て各部屋へと繋がる廊下へ赴く。玄関と窓から差し込む光で、ぼんやりと明るく人の輪郭が浮かぶ、そういう廊下だった。廊下を通る客人に不愉快な印象を与えないよう掃除は隅々まで行き届き、埃《ほこり》ひとつない。

フローリングもなかなか新しいが、木材は安い印象を受けた。歩いたときに微かではあるが、ギィギィと床が鳴く。洋風の作りだが、古臭い木壁や襖、アンティークというよりはレトロな幅木は、まさに〈昭和の日本の家〉といった趣《おもむき》だった。

ふと、露伴は廊下の壁に目を向けた。

「入ってきたときも思ったが……玄関の〈姿見〉、壁に備えつけか？」

「ああ……あんまり使わないけど。誰のセンスなんだか」

「センスで言えば、僕は君のセンスも、かなり疑い始めているが……」

「ム？」

露伴の目線は、廊下に飾られた額縁に向いていた。リビング側から出てこなければ目に入らない位置に、それはあった。かなり大きく引き延ばされた写真が飾られていて、そこにはどこかの家の廊下が写っている。

「ああ……オレの写真だよ。Ａ県の別荘地に建てられた、海に面した家で、西日の差し込む窓のある廊下だ。壁紙が小麦色に日焼けしてるのエッチだろ？　エッチって響きいいよな……エッチって言葉以上にエッチな言葉知らないもんな……」

「言っとくけど、もうイチイチそーゆーとこ突っ込まないからな。それより、自分ちに他人の家を映した写真を飾るっての……どうなんだ？　混乱してこないか？」

「まさか。幸せな気持ちになるんだよ。自分の家に居ながら、人の家に居るような気持ちになって、羽の生えた心が旅をしてスゴく広々と感じる。奥行きがあるのに進めないってのもイイんだ。ある意味、さっきの勝手口と同じさ」

「まあ……自分ちの中は好きにしたらいいけどね……」

露伴たちはまず、玄関から一番近い部屋へと足を踏み入れた。

クラシカルな作りの洋室で、流石に少しカビの香りがした。本棚が並んでいるせいだと露伴はすぐに気がついた。視線を巡らせる露伴に麗水が説明する。

「ここは書斎として使っている。本棚は最初から置いてあったな……建築、写真関連の書籍は古本屋で集めたが、ヘルメット被った猫のフィギュアも一緒に飾ってある」

「いるよねェ〜〜〜〜、本棚にガチャガチャで出たフィギュア飾るヤツ」

「で、こっちの襖を開けると仕事部屋……」

「……ン」

「どうした、露伴先生？」

「いや、いい……とりあえず次に行こう」

襖を開けると、ＰＣやプリンター、カメラの並ぶ部屋があった。

どうやらこちらは、もとは和室だったらしい。畳の上にカーペットが重ねられていて湿気に弱そうな内装だった。襖の敷居をよく見ると木の表面が随分すり減っていて、かなり年季の入った印象を受ける。

机の上は雑然としていて、意外と事務所らしく見えた。プリントアウトされた写真がばらばらと置かれていて、色々な家の内装が写っている。

机の横には書斎とは造りの違う棚があって、そちらにはアルバムが収められているようだった。それぞれキチンと専用のドライボックスに収められ、劣化には気を使っている。

リビングには古臭い石油ストーブがあるだけだったが、この部屋にだけは除湿機能付きのエアコンがついており、強力そうな大型の除湿機まである。他の部屋はできるだけ、古い賃貸住宅の様相をそのままにしてあったが、この部屋は仕事部屋として整理されている。梅雨のある日本において湿度ケアは必須だろうから、麗水が金欠なのも頷けた。

「オイ……畳の部屋に〈FAX複合機〉まで置いてるのか？　しかもデカいぞ」

「イイだろ〜〜。仕事で知り合った設計士のおさがりだ。でも全然新しい。建築系ってデジタル化が半端で、未だにメールよりFAX使ったりする……せっかくアナログで撮った写真をデジタル変換して送るの、実はスゴく不本意だけどな」

「あ――……分かるような気はするけどね」

露伴も作画作業はアナログ派だが、どうしても時代が時代。デジタル媒体への変換は避けて通れないところがある。

とはいえ、今はデジタル・アナログ論を語る場面でもない。露伴は室内を見渡して、気づいたことを口にする。

「具体的にどうってワケじゃあないんだが……この部屋にも〈鏡〉があるのか？」

玄関にも鏡はあったし、先ほど露伴が見たところ、書斎にも鏡があった。リビングを除けば一部屋に一つは鏡がある。

「ああ、そーだな……ビジネスホテルみたいに備えつけられている。別に使わないんだけど、何げにクローゼットとかついてるし、本来は化粧部屋とかなんだろうな。だが……」

「だが、なんだよ」

「オレも気になるところで……この家は〈鏡〉が多いよ。誰の趣味なんだか知らないが、壁紙なんかも備え付けの鏡を外さずに張り替えてある。それは確かに、間取り図では分からない不自然な点だ」

「ああ……流石に、僕もちょっと奇妙に思う。奇妙は奇妙なんだが」

「どうした？」

「……いや、いい」

露伴には鏡の他にもう一つ、気になるところがあった。

書斎にも、そしてこの仕事部屋にも、やはり麗水の飾ったらしい〈よその家の写真〉があった。露伴も自宅に自分の描いた生原稿を額に入れて展示したりするから、作品を飾っておくのは理解できる。

しかし室内に別の室内の写真があるというのは、なんだか偽の出入り口を置いているみたいで妙な気分になった。

特に麗水の作風は映える色合いやカッコいい構図というのでもなくて、ホコリ臭さや湿りけも感じるような、現実を切り取った生々しさが宿っている。

写真は魂を抜くなんて言うが、麗水の撮る室内写真はそこに命が暮らしているような生活感があった。だから室内に飾られた写真を見ていると、なんだか空間が歪んで、他人の家に迷い込んでしまったような感じになるのだ。

鏡が多いのは確かに奇妙だ。しかし麗水のインテリアセンス自体も、露伴の主観からすればやはり奇妙に思える。

奇妙なのは家なのか、住人なのか……そこのところを、露伴は少し測りかね始めていた。それを察している様子は麗水にはなくて、話題は別の方向へと転がった。

「露伴先生。もしかして……もう気づいたかい？」

「何がだよ？」

「〈木製サッシ〉だよ」

麗水はもったいぶって部屋の窓を指さした。

「つまりだ、専門用語を避けて言えば……窓枠だ。玄関もそうだよ。オレが特に魅力的だと思っているところなんだ。人体で言えば、デコルテに通じる」

「別に通じてない気はするけどさぁ――、もう君が家に欲情するのは気にしないから、とっとと説明してくれるかな」

「とにかく、開口部は、玄関の敷居や鴨居……窓はレールまで〈木製〉なんだよ。〈木製サッシ〉ってヤツは未だに需要があるんだが、レールまで〈木製〉ってのは、なんていうか……珍しいな。それに〈栗の木〉が使われているんだよ」

「〈栗の木〉？」

「高級材だ。硬くて、重くて、腐食に強い」

麗水はそう言って、仕事部屋の窓を指さした。広く取られた窓からは、曇り空でも十分に明かりが取れるようになっている。しかしその窓枠は、確かに木製。

露伴は窓際に寄りながら尋ねた。

「確かに珍しいだろうが……奇妙ってほどか？　腐食に強いって言うなら、特別なナチュラル感演出したいデザイナーが室内の襖に合わせて、君のコーヒーみたいに拘っただけじゃあないのか？」

「〈栗の木〉ってのは主に土台材なんだよ。引き戸のレール部分みたいな細かい加工って向いてない……相当ヘンテコだぜ。木材は人間以上に適材適所。硬い〈栗の木〉でこれを作る奴なんてヤバい」

「説明は分かるよ、説明は。でも着眼点がマニアックなんだよ」

「窓枠や敷居なんてのは可動部だからな……デリケートなんだぜ。板目とか柾目《まさめ》とか、木表とか木裏とか、細かいセオリーがいっぱいあるんだ。加工しやすい木で作るのが常識。それを、この家は外に通じる窓や玄関引き戸、全部〈栗の木〉で作ってるんだぜ」

「なに？　……全て？　……玄関も、窓も、全てを？」

露伴は、この家を訪ねてきたときのことを思い出した。

玄関の引き戸は随分と敷居の滑りが悪く、ギィギィと音を立てていた。

「室内はフッーに〈杉〉だが、外へ繋がる開口部に関しては、全て〈栗の木〉だ。なぜ〈栗の木〉なのか……？　栗の高級建具って言っても、普通はヒノキや杉を混ぜる。それを全て〈栗の木〉で作ってる……一体誰が、なんの意図をもって？　オレはそれが気になる……」

「……なるほどね」

そこまで説明されれば、露伴も確かな実感を持った。

建築士や大工というのは伝統を尊ぶところがある。森の木々を切り、土地に根づくものを作るからか、現代においても信心深さが残っている。

特に日本の大工が、木というものに払う敬意はかなりのものだ。

敬意や経験が足りず、信心のなさや無知から――あるいはあえてそれを気にせず、機能性を追求してセオリーを無視することはあるだろう。

しかしここまで徹底しているとなれば、何らかの〈意図〉があるはずだ。

けれど考えても、それが何なのか分からない。なにせやってることが地味だ。何のためなのか、それによって何が起こるのか、現時点ではあまりに不明瞭だ。

奇妙なのに、その原因が見えてこない。

それは好奇心だけが、形をもって膨らんでいくような感覚。

「別の部屋を見に行こう」

麗水を促し、露伴は部屋を後にする。

部屋から廊下に出ると、突き当りに小窓が目に入った。明かり取りのためのものだろう。

――それにしても、外が雨とはいえ、仕事部屋以外は妙にジメっとしているな。

そんな些細《ささい》なことが、露伴はなぜか気になった。


階段の角度が随分と急で、露伴は改めてこの家の作りの古さを実感した。

二階の廊下も明るく、小さな窓が点々と設けられている。それらの窓枠もやはり徹底して木製だった。おそらくは、〈栗の木〉なのだろう。

階段から一番近い部屋は物置になっていて、雑多な撮影機材が置いてある。部屋の作りは、書斎や仕事部屋と大きな違いはないようだった。

「本当に、それぞれの部屋に、隣の部屋へ繋がる襖がある。これ……一筆書きみたいに、廊下に戻らなくても家の中を一周できるんじゃあないか？」

露伴の言葉に、麗水は廊下へと出ながら頷いた。

「今見るとヘンなもんだろ？　古い作りだよ。襖を開き、部屋と部屋を繋げるようにすることで、疑似的に広い部屋として使えるようにしている……核家族社会より前の、親戚が大勢集まるような文化で用いられた、〈書院造り〉の延長だな」

「ああ……田舎《いなか》の親族の家で、そういうのがあった気がする。テーブルなんかも小さいのを大きいのに繋げたりして、溢れるくらい物を置くんだ」

「アレはアレで味なんだよなあ。元から広さのある家ってのはもちろん便利なんだが、広く使う工夫をしている家というのは、親戚の集まりとかに〈ハレの日感〉が出るわけだ」

しみじみと頷きながら、麗水は廊下を歩く。二階の廊下も作りは安いのか、ギシギシと音がした。

「……で、素朴な疑問なんだが……麗水」

「ン？」

「君は結局、事故物件とかに限らず、単純に家とか生活様式ってものが好きなようだが……木材への造詣《ぞうけい》もある。どうして建築士や大工にはならなかったんだ？　趣味の方が気楽って話はあるが、君の場合は写真家って形で物件に関わっている」

「そりゃあ、編集者が漫画家にならないのと同じじゃあないのか？　オレは作るのが好きなわけじゃあないんだ……〈建築非芸術論〉って、知ってるだろ。〈感じ〉を伝えるのが芸術であって、建築は本質、そうではないって意見さ」

「トルストイっぽいけど、流石にマニアックすぎて知らないね」

「つまりオレは逆に〈芸術家〉側なんだな……自然の中に人間が拓《ひら》いた、家というものに宿る〈人間らしさ〉が好きなんだよ……梁《はり》ひとつとっても職人のクセやミスが出る。そして住んでいくうちに、子供の落書きで汚れた柱や、ボヤ騒ぎで焦《こ》がして応急処置した壁とか、そういう建築と変化の中に息づく、〈人の匂い〉が好きなんだ。作り、暮らし、壊していく、その全てに誰かの人生がしみ込んでいる……それを切り取るのが好きなんだ」

「……なるほどね、それは分かった……」

確かに麗水の言葉は、これまで一貫している。しかし正直なところ、露伴はそこには興味がなかった。重要なのは、質問する流れを変えることだった。

「でも僕は好奇心が一度働きだすと、止まらなくってね……ついでにもう一つ聞いていいかい？」

「ン？」

「どうして廊下に出るんだ？」

不意に話題が急転換し尋ねられた質問に、麗水は一瞬、面食らったようだった。

「どうしてって……次の部屋に行くからだろ？」

「部屋と部屋が繋がってるなら、廊下に出る必要はない。確かさっきの間取りでは、この部屋の隣には〈廊下に面していない部屋〉……襖を通らないと行けない部屋が、もう一部屋あるはずだ。君は一、部屋飛ばして紹介しようとしているんじゃあないか？」

「……鋭いなあ〜〜。露伴先生、やっぱ探偵なんじゃあないの？」

笑いながら、麗水はあっけらかんと答えた。

「そうだよ露伴先生、あの部屋は見られたくないんだ」

「マズいものでもあるのか？」

「死体でも隠してあると思う？」

「質問に質問で返すんじゃあない。取引先とそういうやりとりすると仕事なくすぞ」

麗水は少し迷うように首を振ってから、ぽつぽつと、続きを話しだした。

「……つまり、ほら……分かるだろ？　オレは独身だし、露伴先生だって独身なんだ」

「……ああ〜〜〜〜……ハイハイハイハイ。よく分かったよ。もういい」

露伴は顔をしかめ、麗水はヘラリとした笑みを浮かべた。独身の男が歯切れ悪く隠そうとするものなど、隠したままにしておいた方がいいことはよく分かっている。露伴は早々に話を切り上げ、部屋を出た。

結局、二階の他の部屋は物置と、妙に大きなレースゲームのコントローラーが置いてある寝室くらいで、変わったところはなかった。

ただ、窓はやはり全て引き戸で、〈栗の木〉で出来ていた。

これでこの家の建築士に明確な意図があることは分かった。しかし決定的に〈いわく〉

の種と思わしきことは、曖昧なままだった。

「……少なくともだ。余計な秘密もあったが……いくつかのことは確かになった」

「流石、露伴先生」

「雑におだてるんじゃあない。まず、外へ繋がる〈引き戸〉……あの一階の〈勝手口〉以外は、〈窓〉含め、殆どが〈栗の木の引き戸〉だった……」

「そうだったな」

「それに〈鏡〉だ。やはり殆どの部屋に備えつけの物が存在する。そして〈家の骨組み〉だ……間取りの古さはもちろん、設計思想の根底にその古さが表れている。壁紙やフローリングに手を入れても間取りが古いままというのは、ズボラと言うより〈変えないようにしている〉感じだ」

「ワクワクしてくるだろ？」

「まあ……無駄足ではなかったのかもしれないね……」

露伴は頷いてみせつつも、まだ引っかかる部分があるようだった。

「だが、まだ〈見えない〉……。確かにある程度奇妙だが……意図が見えてこない。例の〈天国の扉〉ってヤツも、結局どこにも見つからなかった」

「そうなんだよ。つまり〈いわくの分からない、いわくつき物件〉ってことなんだ」

「なるほどね……」

顎《あご》を撫でながら、露伴は判明した情報を脳内でまとめて、間取り図を思い浮かべ、さまざまな角度から考えてみた。

木材に拘った窓は信仰的な理由かもしれない。鏡も気になる。鏡というのは古来より、大抵は神霊の依《よ》り代《しろ》となるものだ。

この間取りには意味があるのだろうか。方角はどうだろう。風水的見地ではいかがなものだろうか。

考えて、考えて、さまざまな可能性が浮かびはする。

しかし、とっかかりと言えるものがない。推理の上で情報が画竜点睛《がりょうてんせい》を欠いている。

「何か分ったかい、露伴先生」

「いや……」

「……まー、そもそも建築系に明るいオレでも分かってないんだ。少し休むか？　今度は抹茶を淹れるよ。ああ、寝室のゲームが気になるならやってもいい。オレは世界ランキングで二万五千位ってとこだが……」

「いや、いい。それより麗水くん」

「なんだ？」

「〈ヘブンズ・ドアー〉」

「――――」

一瞬のことだった。

露伴が指をかざせば、さながら西部劇で頭をズキュゥウウンと撃ちぬかれた名俳優のように、麗水はその場に崩れ落ち、〈本〉となった。

「やっぱり……どうも妙だ」

露伴には、どうしても気になることがあった。

「別に聞こえちゃあいないだろうが、僕にも尊敬している人間がいる。広瀬《ひろせ》康一《こういち》くんという彼は本当に、漫画の主人公みたいに素敵な奴なんだ……黄金の精神を持っていて、それは〈真実〉へ向かう道しるべのような輝きだ。ちょっとした違和感を見逃さず、精神のコンパスに従えば……そこには〈真実〉がある。僕も見習いたいと思う」

人間を〈本〉に変え、その記憶と経験を読む。露伴だけが行える特別な取材。露伴はその場に屈むと、麗水のページをめくり始めた。

「独身だとかありきたりな言い訳をしてたが……漫画で言えば、そーゆーのは〈キャラ〉が違う……開かない扉のトマソンとか、変わった木材に興奮するってことをあんなに語る男が、たかだか〈そんなもの〉を隠す配慮をするってイメージは、ないね」

そうして麗水の記憶のページを数枚めくったところで、露伴は見つけた。

この家の、麗水が案内しなかった部屋に関する記述。

「つまり――」

『──流石に、あの部屋の〈写真〉を見せるのはマズいよなあ』


「いいじゃあないか。そうこなくては」

露伴は麗水から離れ、迷わずに歩き始めた。

「あれだけ建築写真のウンチクを語る男が、わざわざ隠したがる〈写真〉だと？　隠し財産でも死体でもなく、単なる〈写真〉だと？　見るに決まってるねッ！」

向かう先は当然、麗水が案内を飛ばした〈あの部屋〉。廊下からの入り口がなく、隣接した部屋からしか出入りできない、隔離された空間。

「なにせ襖だからな……カギがかかっているワケでもないし、一人暮らしだから棚やタンスで隠したりもしていない。〈プライバシー〉の意識がない、ってのは……麗水自身が説明していたことか。だが、そんな不用心な家に人招く方も悪いよねェェ〜〜〜〜」

滑りの悪い襖を開き、露伴は部屋に入った。若干《じゃっかん》、古臭い家のカビの匂いはする。しかし室内の様子は、むしろきっちりと整頓されていた。

結論から言えば、そこにあった物は少なくとも予想を裏切るものではなかった。明かり取りの小さな窓、鏡、そして、

「……マジでいかがわしい本でも出てきたら、拍子抜けだったが……」

アルバムがそこにあった。

たった一冊だけだが、まるで宝物を扱うように、デジタルメーターがついた防湿用のドライボックスに収められたもの。

机には温度・湿度計を備え、仕事部屋と同型の立派な〈ハイブリッド除湿機〉がある。仕事部屋にも劣らない……いや、一冊のアルバムのためだけと思えば、むしろ勝るとも言える保管設備がしっかりと用意されている。

アルバムはドライボックス入りとはいえ、決して厳重すぎるほどには隠されておらず、いつでも引っ張り出して眺められるようになっていた。定期的に麗水が見返しているのだろう。このアルバムを保管するための大仰《おおぎょう》な設備が、露伴の訪問を前にしてとっさに隠し場所を変えておけない理由なのだろう、と露伴は思った。

「仕事部屋のアルバムにでも紛れさせておけばよさそうなものだが……それすらしたくなかったということは、これだけは特別厳重に保存しておきたい、ということか……」

露伴はその一冊だけのアルバムを取り出すと、傷つけぬよう注意を払いながら最初のページをめくった。

「やっぱり〈室内写真〉だ……この家のものとは違う。どこかのフツーな民家や、アパートやマンションの〈室内写真〉……他のアルバムはとっくに僕に見せているし、廊下にだって飾るくらいなのに、なぜ隠す？　ヘブンズ・ドアーで奴を読んだ方が早いが、隠してるものってのは、直接見てやるのが面白いからな……」

露伴はアルバムのページを一枚ずつ、ぺら、ぺら、と吟味するようにめくっていく。空《から》のページはなく、全てのポケットに写真が納まっているからか、アルバム一冊とはいえぎっしりと重みを感じる。

アルバムのラベルには記述がないが、どうやらまるごと一冊、一軒の家の写真だけを収めているようだった。露伴が見せられたアルバムよりも遥かに撮影数が多く、廊下からトイレから、とにかくあらゆる部屋が撮られている。そしてどの写真にも確かに、高島麗水という写真家の作風が宿っている。ページをめくるうち、露伴はわずかに驚いたように片眉を上げた。

「……なんだ。僕が見せられたアルバムよりずっと臨場感があって、まるで一軒の家の生活そのものを切り取っているようで……〈作品〉の完成度なら、断然こっちじゃあないか？　美しく撮ろうとしてない姿勢が、逆に生の美しさを切り取ってる。生々しさがグロテスクですらある……。個展の発表作も一応チェックしたが、それよりずっと、作品としての出来が良いんじゃあないか」

それはさながら、高島麗水という男の作家性を凝縮した、この上ないポートフォリオだった。

露伴をして少々時間を忘れるほどの、魂の表現が確かにあった。写真は全て家の中を歩く様を想定した順序で収められていて、ページをめくればめくるほど、実際に他人の家を訪問しているような錯覚に陥る。これらの作品を発表していれば、高島麗水はもっと高い評価を得ているのではないかと思えた。

太陽の落ち始めた曇り空の、微かな明かりを頼りにするように、小さな窓際に寄りながら、ヘブンズ・ドアーでそうするように、露伴は麗水のプライバシーを覗いていく。

「……でも、なんだ？　この感じ。何か……」

そうしているうちに、ふと違和感が露伴の思考に宿った。

「何か、変だぞ。この写真、単なる〈室内写真〉なのに……廊下に飾られてたのとか、僕が見せられたのとは、決定的に空気が違う……何がひっかかるんだ……？」

そうして、首をかしげながらアルバムをめくっていった……その中ほどのページに現れた、ある一枚の写真を見て、露伴は違和感の正体に気づいた。

「………なんだ、これは」

その写真は、どうやら寝室を写したものだった。

西日の時間帯だったらしい。大きな掃き出し窓から差し込む逆光が、部屋の中央にぶら下がったシルエットを浮かび上がらせていた。最初、それはあまりに部屋に溶け込んでいたから、インテリアの一種かと錯覚した。事実、インテリアと同様に、それは室内にあって当然のものには間違いなかった。家というものに対して、切っても切り離せないものなのは疑いようもなかった。

それは、家を家たらしめる最も重要なピースだったもの。

それでいて、絶対にそこに存在してはいけないはずの〈物体〉でもある。つまり――、

「〈首吊り死体〉じゃあないか……？」


作り物とは思えない。それは間違いなく、死体の写真だった。

それだけでも、もちろんショッキングなことだった。高島麗水という男が死体撮影に興味があるのか、はたまた何らかの殺人事件の犯人であるのか、どちらにしてもロクでもない想像が巡る。

しかし、そういった秘密があるのなら、どうしても後ろめたさと世間に暴かれたくない危機感から、ヘブンズ・ドアーで覗くページに、それが分かりやすく記述されるはずだ。

だが先ほど露伴が読んだ高島麗水の記憶には、表立ってそういう記述はなかった。

「……いや、違う」

そう、麗水の特殊性については、ヘブンズ・ドアーで読める記述はあったのだ。

けれど、どうしても文字情報として閲覧する以上、それが〈どの程度特殊な嗜好〉であるかまでは、詳しく読み取れない部分があった。

つまり、そのアルバムのテーマは、麗水にとっては、最初から主張していた趣味でしかない。すなわち……こういうことだ。

「――事故物件じゃあないいいいいか？」

「そうとも」

ハッとして露伴が振り返ると、部屋の入り口に麗水が立っていた。

写真を確認するのに夢中になっていたせいか。あるいは直面した事実によって生まれた精神の空白で、ヘブンズ・ドアーが解けたのか。既に麗水は自由だった。

「急にクラっとして、なぜか倒れてしまったらしい……立《た》ち眩《くら》みかな」

「……」

「迂《う》闊《かつ》だったよ、寝不足が響いたのかもしれない……とにかく露伴先生が好奇心豊かだってことは知っていたのに、とても迂闊だった……」

「……ああ、迂闊だったな。流石に驚いた。〈事故物件〉好きな変態なのは知っていたが、まさか自殺現場そのものを写真に収めてるとはな……」

露伴は、身構えた。

人の秘密に踏み込むというのは最も攻撃的な侵略だ。

ふつう、ヘブンズ・ドアーはそれを相手に知られずに行えるが、それが不快感を与える行為であることは確かだ。心の最も柔らかいところへ土足で踏み込むのだ。激高されたっておかしくはない。

ましてはっきり〈見られたらまずい〉ものを、この男は隠し持っていた。それを隠すために口封じを行うことは十分考えられた。

露伴は動揺するでもなく、肩をすくめてみせた。

たとえ秘密を見られた麗水が感情に任せて殴りかかってこようと、それより早くヘブンズ・ドアーで反撃することは可能だった。

「だがな、高島麗水……見て悪いもののある家に、人を上げるのが悪いんだぜ。やましいとこなく生きてるなら、そーゆー心配なんかいらないんだぜ……。それで、こういうものを見つけてしまった僕をどうする？　サスペンスなら口封じしようとかって流れだが」

しかし、結論を言うと――身構えるほど乱暴な事態には、ならなかった。

「露伴先生は、オレがお願いして招いた来客だよ。もてなしの気持ちこそあれど、危害を加えるなんてことはない……。客人というのは、一度許して家の中へ招き入れれば、帰るまでは家族のようなものだと思っているよ。……ただ」

「ただ、なんだ」

「〈疾患〉だと思わないか」

一瞬、話題が明後日の方向に飛んだような気がして、露伴は眉を顰めた。

「なに……？　急に、何の話を始めたんだ？」

「つまりさ、〈芸術家〉ってものの話だよ。バレてしまったからには、せっかくだし、創作活動をする仕事同士、そういう話も。とにかく……それは望まなくてもガンができるみたいに、その〈性《さが》〉というのはいつの間にか、患ったものなんだと……」

敵意は感じなかった。

その表情は露伴には随分穏やかなものに見えた。純粋で諦観すら感じる、懺悔《ざんげ》室に佇《たたず》む男のそれのように見えた。

「〈感性〉は……そういう形になってしまった、心の姿なんだとオレは思っている……。それを写真家だとか、画家だとか、社会のルールで認められた名前に当てはめて、どうにかこのルールの中で生きてる……普段はたまたま〈はみ出してない〉だけだ。行き過ぎれば〈犯罪〉と呼ばれることもある。で、チョッと〈行き過ぎた〉のがオレだ」

「……なるほど。……で？　僕もこの写真みたいに、殺して君の作品にしようってのか？　いくら民家フェチとはいえ、人んち押し入って殺しまでやるってのは、ちょっとどころじゃあないように思うがな……」

「オイオイオイオイ……待ってくれ。先生、それは誤解だ」

麗水は両手を振って弁解した。

「オレは誰も殺しちゃあいない。それはれっきとした〈自殺体〉だ」

「それを信じろって言うのか？」

「そもそもだよ。住民のいる家に勝手に押し入るってことが、まずオレとしてはありえない。家というのは、住民にとって不可侵で、安心できる聖域でなくてはならない。他人が許可なしに入り込むなんてもってのほかで、オレは空き巣とかをひどく嫌悪するよ」

「じゃあ、これは何だ？　この死体が写ったものも含めた写真の数々は、一体何だって言うんだよ？」

露伴に見つめられながら、麗水はどこか遠くを眺めるように部屋の隅《すみ》へ視線を向けた。

薄暗い室内は、古い写真のような褪《あ》せた色をしていた。

「子供の頃、オレは杜王町《もりおうちょう》の外れの一軒家に住んでいたんだが……必死にローン組んで買った家が欠陥住宅だって分かってから、両親の仲は冷めきっててね。母は他所《よそ》に男作ってロクに帰ってこなかったし、食卓に家族が揃わないのが、オレは寂しかった」

「……聞いてもないのに、よく自分のことペラペラしゃべりだせるな。僕は写真のことを聞いているんだぜ。過去語りのお涙頂戴路線なら、僕は聞く気はない」

「ところがある日、両親が食卓テーブルの脇で首吊ってた。何をどういう事情でその選択になったんだか、ガキのオレのその後とか気にしてなかったのは間違いないんだが……オレはというと、嬉しくってね」

「嬉しいって？　……両親が死んだのに？」

「だって、オレが物心ついてから、初めて家族が食卓に揃ったんだ。オレはコンビニで三人分の飯を買ってきて、そこで食べたよ。妙な話だけど……アレがオレにとって、幸せな家庭の光景だった。あの瞬間だけ、オレの家は〈幸福な家〉だったんだ。……そのイメージが、住宅写真家である高島麗水にとっての〈美〉の根源だったんじゃあないかと思う。誰だって、死ぬなら住み慣れた自宅の畳やベッドの上……あるいは食卓テーブルの脇とかで、望みの最期《さいご》を迎えるのが、安寧《あんねい》ってものなのかもしれない」

「……で？」

「つまりさ……オレはずっと探しているんだよ、あの光景を。住み慣れた家で、最も安らげる場所で自ら選んだ、〈最も安らかな終わり〉を、だ」

麗水は説明を続けた。

淡々とした声。理性ではそれを異常だと分かっていても、後ろめたいとは思っていない口調だった。

「日本の自殺者数はさ、年間三万人だよ。そりゃあ電車に飛び込んだり崖から飛んだり、色々あるさ……だが、最期の瞬間を、愛着ある自宅で迎えたいって人もけっこう多くてね。そしてそういった自殺者の数だけ、この国では毎日、家主を失う〈事故物件〉が増えてるわけだ。そして……彼らの亡骸《なきがら》は、物件管理者とか家族とか……或いは、静けさを不信に思った近所の住民が、偶然見つけたりする。意外とね」

「……それが、どうしたって言うんだ」

「で、オレはさ。一度その〈偶然〉に出会った。写真家として駆け出しの頃だよ。住んでたアパートの隣にあった家で、自殺があった。郵便受けに新聞が溜まってて、旅行かと思ったが、ふと玄関のドアノブに触れてみたらカギが開いててね。……シビれたよ。警察に報告する前に、〈事故物件〉が生まれた瞬間に、立ち会えたんだ」

　何を言っているのか呑み込めなくて、露伴は一瞬、反応に困った。麗水は構うことなく、説明を続けた。

「住む人間が居なくなったとき、〈その人の家〉であった物件も死を迎える。別の住民が住むと、別の人の家になるからな……。だからまあ、遺体より、家の最期を撮ってる気持ちの方が大きいな。つまりさ、片づけられる前の……人が生きた痕跡を残したままの、〈家の遺影〉を撮ったんだよ」

「……なんだそれ。何の意味があって、そんなことをしているんだよ」

「家と人の最期を、オレが〈美しい芸術〉にするんだ」

　麗水の言葉は、倫理としておかしいことは確かだった。

　しかしその声には、やましいことを行っているという震えや、怯《おび》えのようなものはなく、ハッキリとした張りがあった。

「特に日本人は、臭いものに蓋をしがちだよ。死というものを遠ざけるあまり、人の最期に目をそらしがちだ……。生きた証ってヤツを残すのには前向きで、死んだ証は隠したがる。特に自殺ってヤツはそうだ。周囲の人間は悲しみから、できるだけそれを忘れたがるし、口にも出したがらない。〈自殺〉こそ、この世で最も孤独な死だ。そして、それが起こった家や部屋を、人は〈事故物件〉として忌《い》むべきものにしてしまう……彼らはただ死んで、家はただ住まわれていただけなのに。そこには生きた証が残るだけなのに……オレはそういった物件を、そういう最期を選んだ人々と、彼らの過ごした家を……オレの写真の中だけでは〈美〉だと認めてやりたい」

「……」

「……もっとも、その奇跡的な〈偶然〉に遭遇できたのは、そのアルバムを作った一度きり……。誓って、殺しなんてやってない。ずっと探してるよ。自殺を仄《ほの》めかすネットの書き込み、不穏な町の噂……誰かが新たな〈事故物件〉を生み出そうとする気配を、その現場を写真に収められる機会を、まだ探している。作るのでなく、探すのが写真家だ」

「その価値観は、僕には分からないけどな……」

ヘブンズ・ドアーを使う選択肢は常にあった。

彼が本当はイカレた殺人者であった場合は無力化できるし、そうでなくても彼の言葉の真偽を確かめる意味はあった。

だが彼の言葉は狂気的であるからこそ、嘘ではないように思えた。

一定の芸術家が持つ、危うい狂気がそこに見えたがゆえに、露伴はそれが彼の感性からくる、本心の言葉であると直感していた。

それに、これで一つ納得できそうなことがある。

「……麗水。君はさっき、確か話してたな。過去にこの家に住んだ住民の中に……〈遺書を残して消えた女〉が居たことを」

「ああ、言ったね」

「その女……もしかして、君の知人だったんじゃあないか？」

露伴はアルバムの背表紙を指で叩きながら、続けた。

「〈遺書〉なんてデリケートなもの、その内容に至るまで、赤の他人が知れるってのは不思議だった……。だが、君の今の話を聞くと、想像のつくことがある。人殺しでもしない限りは、君のいう奇跡的な〈偶然〉に出会う機会は少ない……しかし、あらかじめ自殺することが分かっている人間がいれば、話は別だ。〈必然〉ならば、君はもう一度、君の信じる〈美〉の瞬間に出会えるわけだからな……」

そして露伴は、一つの仮説を突きつける。

「その〈遺書〉、つまり最初っから、君宛てのものだったんじゃあないのか？」

「……露伴先生、やっぱり探偵なんじゃあないの？」

「漫画家だと言っているだろ、間違えるな……。漫画家って仕事は、ある程度の背景が見えていれば、どういうストーリーか想像できて当たり前なんだよ」

麗水は、参ったとばかりに肩をすくめた。

「……バーで出会った人だったよ。少しだけど、憂いを帯びて俯《うつむ》くときの目に、母に似た面影があった。……彼女がこの世に絶望しているって聞いたとき、オレはオレの思う〈美〉の話を打ち明けてもいいと思った。〈もし君が終わるなら、その場所として自宅を選ぶなら……その最期は、オレが写真に収めよう〉ってことだ」

「オイオイオイ、それはそれで自殺幇助《ほうじょ》ってヤツだぜ。止めようとは思わなかったのか？もし惹《ひ》かれ合ったのなら……共に生きるって選択肢も、あったんじゃあないか？」

「あったのかもな……。けれど少なくとも、あの時の彼女には、それは見えない選択肢だったかもしれないな……」

理屈は分かっても、理解はできない話だった。

露伴はうんざりした様子を隠しもせずに、鼻を鳴らす。

「つまり……君は、本来その女がこの家で自殺したところを撮影する手はずで……しかしなぜか、彼女は〈天国の扉〉とやらを見つけ……行方をくらませた。じゃあ君はもともと、その女を経由して、この家の存在を知ったわけだ。……君は単純に、彼女がこの家と共に最期を迎えられなかったことについて、納得できていないだけじゃあないか？」

麗水は肯定する代わりに、持論を語り続けた。

「オレはさ、人は自分で終わり方を選んでいいと思うし、家は終わりゆく人に寄り添っていいと思ってるんだよ。彼女の終わり方が、彼女の選んだものならいい。ただ理由を知って、納得したい……それだけだ。……このアルバムのこと、通報とかするか？」

「……いいや。別に」

露伴は鼻を鳴らし、持っていたアルバムを閉じた。

「確かに君は、気色の悪い趣味を持っている。僕には共感できない感性だし、まあ調べたら、なんだかんだで不法侵入とかの罪にはなるんだろうな。だが……」

褒められたことでないのは確かだろう。

麗水と〈彼女〉の思考を認め、理解する人間も多くはないだろう。拒絶感があって当たり前だと露伴も思う。

しかし、高島麗水が積極的に他人を害し、今この場で露伴を害する意思がないのなら、それを裁くことはまた別問題だ。

「僕は警察じゃあないし、もちろん探偵とかでもない。漫画家だ。この家の秘密が〈取材〉できるなら、それ以上のことをするつもりはない」

つまりこの場で、倫理観の不一致も不理解も、この家の取材をやめる理由にはならないのだ。漫画を描く上での障害にはなっていないのだから。

「今のこと、ネタにはするかもしれないがね」

匿名で頼むよ、と麗水は笑った。露伴は、笑わなかった。

「夜になってしまったな……」

カーテンを閉め、少々古めかしい色の蛍光灯が照らすリビングで、露伴は空の皿を前にして呟いていた。

夕食は、想像していたより豪華だった。

今日のために下ごしらえが済ませてあった豚肉のソテーと、つけ合わせにパプリカと南瓜《かぼちゃ》とオクラの焼き物。それに少し良い銘柄のビールがついていた。それほど高い食材ではないのだろうが、手間はかけてあった。

「オイオイ……もう十九時だ。そろそろ僕も帰りたいとこだが、結局なんにも起こる気配がないぞ。君のヤバい活動が判明しただけじゃあないか？」

「露伴先生には無駄足踏ませたかもな……」

「まったくだね。……まー、この家の奇妙なとこ、君の妙な美的感覚は、それなりにインスピレーションってヤツにはなったが」

「悪かったって、晩御飯だって振る舞ったじゃあないか……なかなか美味《うま》かっただろ？」

「僕が夕食まで居座らなかったら、どうするつもりだったんだろうな」

テレビのニュース番組に視線を向ける露伴に苦笑しつつ、麗水は空になった皿を片づけて、台所へ向かう。

ガラス戸が開いているから声は通じるが、リビングとハッキリ分かれた空間になっている台所も古臭い。現代風なら壁を廃した対面式キッチンとかで、台所を使う人間が常にリビングとコミュニケーションできるはずだ。

本当にレトロな作りだと、露伴はつくづく思った。

しかし台所へ向かっていく人間の背を見送る感じは、どことなくノスタルジーを覚えるのも確かだった。つまり「意外と住み心地は悪くないのかもしれない」と思えた。

実際に家を見て回り、リビングで寛《くつろ》いでみて分かった。

この家の骨子になっている古臭い間取りには〈悪意〉はない。管理は杜撰《ずさん》だが、設計部分に手を抜いたとか、そういうことではなさそうだ。

すると、気になるのはやはり〈栗の木の建具〉と〈鏡〉だ。

露伴は机の上にあった間取り図をもう一度広げた。図面の日付によれば、それは十年ほど前のもので、外壁や内壁の直しがあったのもこの頃だろうか。

「……間取りの大幅な変更がないのは、管理会社がケチってことだろうが……」

だが、露伴にはもう一つ気になるところがあった。

「壁紙や外壁を直すなら、〈建具〉だって直してもよかったんじゃあないか？」

少なくともあの玄関には、明確な欠陥があった。露伴が訪ねてきたとき、玄関の引き戸は滑りが悪く、麗水は開けるのにやや苦労をしていた。

リフォームされていたのは、目に見えやすい壁や床の類。ネット回線やインターホンを最新にするくらいなら、玄関という一番目立つ部分は、最新式のアルミ製に取り換えたっておかしくない。

「……〈栗の木の建具〉か……高級品だな」

露伴はスマートフォンで、〈栗の木〉という建材について検索を始めた。

硬く、重く、耐久性、耐水性に優れる。切削などの加工は難しい。

確かにどのサイトを見ても高級木材として紹介されている。高級材を使っているから、おいそれと変えられない。それならば分かる。だがリフォームされた部分を見る限り、この家の設計者に美意識とか、建築材料への拘りはないように思えた。

「……いや、待てよ？」

露伴は改めて、玄関や窓の様子を思い返した。確かに木製サッシは古臭い印象を与えるもので、この家のレトロ感を助長している。

だが古臭いというだけで、古くはなかった。

「そうだ……あの玄関や窓に、ひどい経年劣化はなかった。室内の襖に比べると、むしろ玄関や窓は〈新しい〉んだ。だが……そうなると、管理会社はわざわざこの家の、外に繋

がる玄関や窓だけを、あの高級な〈栗の木の建具〉にリフォームした……ってことになる

……特別製の建具にだ。間取りの改修をケチる会社が、一体、何のために？」

つまり、あれはこの家を建てた者の意図ではない。

この家をリフォームした、管理会社がやったことだった。

「すると……窓や玄関を含め、この家で一番古い〈出入口〉は……」

露伴は、ハッとして顔を上げた。

「〈勝手口〉か……？」

なぜ、勝手口は封じられただけで、取り換えられていないのだろうか。

「……取り換える必要がない、ってことじゃあないか？」

外はまだ、霧雨が降っていることに気がついた。梅雨の季節。昨晩のS市は梅雨入りから最初の大雨で、空気中の水分量は飽和を続けている。

何か、嫌な予感がした。

「……確かさっき、〈栗の木〉についての情報には……なんて書いてあった？」

露伴は再び、スマートフォンに視線を落とした。

クリ材。

硬く、重く、耐久性に優れる。防腐剤をコーティングせずとも腐りにくく、無処理のまま利用に耐える。そして——。

「…まさか、そうなのか？　そんなこと、狙って設計できるものなのか……？　だが、もしそうだとしたら……」

露伴はカーテンを開け、リビングの引き違い窓のカギを開けた。当然、窓枠もレールも、全てが〈栗の木〉製。そのまま、露伴は窓を開こうとする。

「……バカなッ！」

そして悪い予感は急激に、その輪郭をくっきりと浮き上がらせ始める。

「開かないッ!?　カギなんかかけてないのに硬いッ！　この窓、木枠が〈膨張〉して窓をガッチリ締めつけてしまっているぞッ！　くそッ！　押しても引いても……ウンともスンとも言わないッ！」

それは驚異的なまでに、頑丈にできた機構だった。

その窓枠はあえて水を吸うことを前提に作られていた。

綿密な設計に基づいた機構。大雨が降ると、無垢の窓枠や敷居が濡れる。湿気の多い梅雨の時期は、一日をかけて少しずつ水分を吸って……無垢の木材が膨張する。

「木の〈膨張収縮率〉は、密度にもよるが最大で〈一〇パーセント〉……〈栗の木〉は耐久性は高いが、〈膨張率〉も高いだと!?　まさか……腐ることなく、梅雨の時期に水分を吸収して……膨らむよう計算されているとしたら？　引き戸を締めつけて、開かなくするように……今日がその〈ピーク〉になるようにしているとしたら？」

露伴はそこで初めて、この家の〈建具〉の意図に思い至った。

つまり梅雨の時期、大雨の翌日だけ、住人を閉じ込めるための設計。

暖房を使い、空気の乾燥する冬期には現れない特徴。降水の増えるこの時期のみ、計算して完璧な膨張を行うように。

「この推測が当たっているとしたら……ヤバいかもな」

露伴は台所へ向かって声をかけた。

「麗水、家の中の扉を調べた方がいい！　取り越し苦労ならいいが……仮に最悪の場合でも、急げばまだ間に合うかもしれない！」

麗水は食器を下げに行ったっきり姿を見せていないが、開いた戸の向こうから流しに水の流れる音は聞こえていた。蛍光灯が古いのか、台所の明かりは少し暗く見えた。

「高島麗水ッ！　オイ！　君、ちゃんと話聞いてんのかッ！」

返事はなかった。

ステンレスのシンクに、水音だけが響いている。

「……麗水？」

やはり返事は帰ってこない。

露伴は、用心深く歩き出した。

リビングも床の作りが安っぽくて、歩くとギィギィ鳴るのが今は煩《わずら》わしかった。なるべくなら、足音を殺したい気持ちだった。

「おい……居るんだろう？　悪戯《いたずら》なら、冗談きついぞ……？」

水が出続けているからか、生ぬるく湿った空気が、台所から吹き込んでいる。

露伴は戸の陰に隠れながら、慎重に台所を覗き込んだ。

高島麗水は、流しの奥の、コンロの近くにいた。洗い物をするだけならば、そちらまで行く必要はないんじゃないかと露伴は思った。コンロと逆側に冷蔵庫があって、スペースが狭くなっていた。

「麗水？」

まるで公衆便所のような味気ない蛍光灯は、寒々しい色合いで、キッチンの壁を必要以上に白く照らしていた。だから視認性は、割と良かった。ハッキリ見えた。

そこに、居《い》た。


「…………なんだ？　それ……」


人間ではなかった。

少なくとも、この世に動物や植物として生きる、生物の姿ではなかった。

強《し》いて類型を探せば、カタツムリに寄生する〈吸虫〉の仲間に、こういうのがいたと思った。ぐねぐねと蠢《うごめ》く大きな蛇腹《じゃばら》状のものが、壁にもたれている麗水の頭にかぶりついていた。

その透き通った体は、ホログラムのように複雑に、体内で光を反射して、虹色に見えた。そんな動物を露伴は見たことがなかった。

存在感もどこか物理的ではなくて、しかし確かにそこにいる。

一瞬、露伴はそれが〈スタンド〉かもしれないと思った。

あまりに実態が感じられず、麗水のそばに寄り添っているから……もしかしたら露伴に〈ヘブンズ・ドアー〉があるのと同じように、高島麗水は〈スタンド使い〉であったのかもしれないと思った。

しかし、違った。

痙攣《けいれん》を続ける麗水の体は、呼吸をしていないように見えたし、手脚もだらりと力なく垂れ下がり始めていた。

つまり高島麗水は……やはり、明らかに〈攻撃〉されていた。

「——————ヘブンズ・ドアァァ——————ッ！」

露伴はとっさに、〈それ〉に攻撃を放った。

麗水は一刻を争う状態に思えた。生命が限界に差しかかっていた。故に露伴は、分析の前に攻撃を優先した。

「……手応えありだ！　ヘブンズ・ドアーが通じる以上、こいつは〈意志ある存在〉なのか……だが、はたしてこれは動物なのか？　寄生虫なのか……？」

本に変えられた〈何者か〉は、ばらりと開いてその場に崩れ落ち、解放された麗水も台所に倒れ込んだ。

ゲボッ、と濁った咳と共に、泡立ったよだれを吐き出したが、何より涙が激しかった。両目を押さえていたから、攻撃の対象は〈目〉だったのかもしれない。

露伴は麗水が生きていることを確かめると、その〈何者か〉の方へと近づいた。

「そもそもこいつはどこから現れた……？　この家に最初から巣食っていたのか？　もしこいつが動物じゃあなければ……例えば、悪霊や地縛霊みたいなものが、魂のエネルギーとなって住み着いてたとかいうのか？」

改めて、麗水から離れた〈何者か〉を観察すると、透き通った蛇腹の体はイソギンチャクのように軟体だったが、よく見れば人型の四肢を持っていた。頭もあって、そこには顔のようなものはなかったが、目のような触角が二本ついていた。それはナメクジのような貝類の頭にも見えたし、或いは鬼の角にも見えた。

おそらく動物でもないし、寄生虫でもない。

何か物理法則を無視した、人型の超存在。そう言うほかなかった。

「とにかく、どちらにしても……この家の〈いわく〉ってヤツが、恐らくはこいつってことだが……。正体はなんだ？　この家に住み着いた〈迷える魂〉とか……或いは古くから存在する〈妖怪〉。もしかしたら〈神〉って可能性もありえるわけだが……どっちにしろ、これから確かめさせてもらうがなッ！」

なんにせよ、ヘブンズ・ドアーが通用し、本に変えられたのならば、露伴の戦いのルールからは外れない。

「こいつが〈いわく〉の正体なら、僕としては願ったりだ！　読ませてもらうぞッ！」

そう。弱点も、正体も、読めばいい話だ。

露伴は本になったそれのページをつまみ、一息にめくる。

そして、そこにはたった一言……こう書かれていた。


『覗いたな』


「な……」

次の瞬間、相手の攻撃が始まった。

「……ん……だとォォォオオ――――――――ッ⁉」

本になって動けなかったはずの〈何者か〉は、殆ど反射的にその手を伸ばし、露伴へと摑みかかってきたのだ。

「ううッ！」

不思議な感触だった。力強いのに重くなく、引っついてくるのに触覚がない。とにかくそれは物理的な力で押さえられるものではなかった。

「こ、こいつ、このスピード、パワー……！ や、ヤバイッ！ 手が痺《しび》れて、押さえられやしない！ 指の間や、腕の間をすり抜けて……〈目〉を狙って滑り込んでくるッ！」

露伴とて、健康に漫画を描ける体ではある。スポーツジムに通ったり、ちょっとしたトレッキングが平気な程度には鍛えている。

しかし決して怪力ではないし、ヘブンズ・ドアーもパワー自慢のスタンドではない。

「――押し勝てないッ！」

露伴はとっさにキッチンにあった包丁を掴んで、その〈何者か〉に突き刺した。刃はその体に食い込んだが、手応えと呼べるものはない。透き通った体がぐにゃりと歪んだだけで出血もしないし、切れたりもしない。

無意味と見た露伴はとっさに、本にした〈何者か〉のページを閉じて、ヘブンズ・ドアーを解除した。

「うおあっ！」

そうすると確かに攻撃の力が緩み、露伴はとっさに転がるようにして〈何者か〉の腕から逃れることができた。冷蔵庫の取っ手を掴み、よろめきながら立ち上がる。

流しのところで、まだゲホゲホとせき込んでいる麗水を見つけた。

「ろ、露伴先生……そこに居るのか……？　まだ目が見えないッ……涙がボロボロこぼれて、何も見えない……」

「おい、麗水ッ！　なんだあいつは！　どこから湧いてきたんだッ！」

「……」

麗水はしばし手をフラフラと彷徨わせたが、やがて大まかな方向を指さした。

そこには、確かに〈勝手口〉があった。

「……〈勝手口〉だと……」

露伴は驚愕した。つまり、この異常な〈何者か〉は、この家の中に巣食っていたものではなかった。〈いわく〉の本体は、この家の中ではなかった。

つまりそれは、正体不明の〈侵入者〉だった。

「開かない〈勝手口〉から入ってくる〈侵入者〉…………くそっ、家の中をどれだけ探しても分からないはずだ。この家に在るのは〈閉じ込める機能〉だけ……この〈侵入者〉が自由に入ってこられる家の中に、〈人間だけ閉じ込める〉家ということか？　なんてこった……この家の〈いわく〉は外にあったッ！」

「ろ、露伴先生ぇぇ〜〜……目がぁぁ〜〜〜……」

「モタモタしてる場合じゃあないぞ……僕たちは出口を探さなくてはならない。戸や窓の

〈木枠〉が湿気で膨張して、完全に閉じ込められる前に逃げ出さなくては！」

「あ……楽になってきた……」

「なら、できれば自分で歩いてくれると助かるね！　クソッ……」

流しに突っ伏したままの麗水を引っ張り上げようと、露伴はその首根っこを掴みにいった。

すると、不意に流しの壁……ギラギラと鏡のように磨かれた、ステンレス張りの壁が目に入った。

最初、それを見たときは「どこぞの厨房のようだ」と思った。汚れや防火対策として広い面にステンレスを張るだけの、古臭い作りだと思っていた。

しかしその瞬間、露伴はその壁の本当の〈意図〉に気がついた。

磨かれたステンレスに、台所の中が綺麗に映り込んでいた。

「……〈覗いたな〉って……そう、書いてあったな？」

冷蔵庫も、戸棚も、炊飯器も、その〈侵入者〉の姿も、映り込んでいた。

「〈覗く〉ってのは、つまり……何か越しに見る、ってことだ……。窓越しとか、隙間越しとか……鏡越しにこっそり見るってことだ……」

とっさに、露伴は麗水を床に引き倒した。

「伏せろォォ――――――――ッ！」

間一髪だった。

不意に起き上がった〈侵入者〉の体が宙を舞った。それはまるでレーザー光線のように俊敏に、ステンレスの壁に跳ね返り、露伴と麗水が居た場所を攻撃していた。

「……か、〈鏡〉か……壁が磨かれてる……。映り込むように作ってあるんだ……部屋の中を〈覗き込める〉ように……！　周到じゃあないか、くそっ」

推理していられたのもつかの間、露伴は戸棚のガラスが部屋の様子を反映しているのに気づき、そちらを見ないように、麗水を引っ張って、リビングへ向かって這い始めた。ずるずると引きずられ、床に体をこすりながら、麗水は戸惑ったように手をばたばた動かしている。

「あ痛っ、イタタタタタ！　露伴センセ、なにしてんだっ⁉　痛いッ！」

「うるさいぞ、分からないなら黙ってろ！」

「まだ目がボヤけてるんだよォ〜〜……！　現実が見えなくて怖いんだよォォ〜〜！」

「見えないなら見えないで黙ってろってッ！　あの〈侵入者〉に耳がないとは限らないんだ！」

麗水はまだ自分の目をこすっていた。今、彼に聴こえているのは露伴の声と、自分たちが床を這うズルズルという音。出しっぱなしの流しの水と、つけっぱなしのテレビの音。

その中で〈侵入者〉の位置を確認できないのは、なるほど、恐怖のせいだろうと露伴も理解した。理解したが、まったく構っている場合ではなかった。

「見えなくてよかったな……おそらく引き金は〈覗く〉ってことだ。〈深淵を覗くとき、深淵もまたこちらを覗いている〉ってことだ……ヤツは覗いたものを素早く感知して、そいつを狙ってくる。この家に鏡が多い理由も分かった。ここはあの〈侵入者〉にとっては用意された狩場だッ！　なるべくヤツの方を見ないで逃げなくては！」

「見ないで、って……できるのか⁉」

「やらなくてはならない」

答えながら、露伴はリビングと台所を隔《へだ》てる引き戸を閉じた。

不注意で割れてしまいそうな、脆《もろ》そうなガラス戸。気休めのようなものだろうが、障害物がまったくないよりはマシ、という心境だった。

「追ってくるものの気配だけを頼りに、この家の中を……どうしてもヤツを見ないで逃げなくてはならない。できなければ僕たちは死ぬ。たぶん……この家を借りて、六月に失踪した大勢のようにな」

露伴の言葉に、麗水は息を呑んだ。一人ならば、訳も分からないうちに死んで終わっていたかもしれない。冷静なもう一人が居たから、恐怖を実感する余裕ができた。

「……信じたくないけど……露伴先生の言うことだからな……襲われて、よく分かった。やらなくてはならないことはスゴく分かった。分かったけど、露伴先生……よく見えないから、気づきたくなかったんだが……」

「なんだよッ！　もったいぶってる場合に思えんのかッ⁉」

「この、オレが今聞こえてるのは、足音じゃあないか？　……〈侵入者〉が、リビングへ向かって、床を歩いてくる音じゃあないか？」

「…………」

それは小さな音だが、よく聞こえた。

足音は人間の歩行と比べてもかなり静かで、ギッ、ギッ、と小さく鳴った。この家の床が安っぽい施工でなければ、音に気づかなかったかもしれないと思った。

いや、もしかしたら、あえて気になるよう音が鳴るように作ったとも考えられた。事実、露伴はつい、音の方をチラリと見てしまった。

そこに〈侵入者〉は居た。

「うっ……」

人間の手にも似た形の五本指を、ガラス戸にべた、と張りつけて、リビングを覗き込んでいる。顔らしき部位も、ガラス面に密着して、シルエットを浮かばせている。

「……引っついてる……夜の窓越しの虫みたいに……こいつ……！」

露伴はとっさに、ガラス戸を手で押さえた。手の力でどうこうできるとは思わなかったが、麗水が回復しなくては迅速に動けない。

力ずくでガラスを破られればそれで終わり、そういう懸念はあったが、〈侵入者〉は露伴の想像も既存の物理法則も、あっさりと超え始めた。

「……ううっ！」

〈侵入者〉は戸を開けることなく、ぬるりとガラスそのものを通り抜けた。まるでガラスなど、そもそもないかのように、戸を突き抜けてその顔を覗かせたのだ。

「こ、こういうことかッ！　開かない〈勝手口〉からでも家に入れるわけだ……そして今も〈通り抜けて〉……まずいッ！　こちらに入ってくるッ！」

露伴が反射的に飛びのいた瞬間、〈侵入者〉の体がまた跳ねた。

緩急が尋常ではない。凄《すさ》まじいスピードだった。一直線にテレビに突撃したかと思うと、その画面にべったりと体を押しつけ、絡みついていく。

「……ハァッ、ハァ……なんだ……？　テレビを攻撃している……？」

露伴は思わず、その姿を短い間、観察した。

どうやら麗水のときと同様、けっして複数の対象を同時に攻撃できるわけではないらしい。それは微かな救いかもしれなかったが、根本的な解決ではない。

「……鏡とかには反射して、ガラスとか透き通る物は、すり抜けて攻撃できる……。つまりヤツは、普段は物理的だが、〈覗き込まれる〉ことで〈光〉みたいな性質に変化をする……窓でも何でも、覗き込めればどこからでも入り込んでくるワケだ……」

「ひ、〈光〉の化け物……ってことか？　そんなの、現実に存在してるのか？」

戸惑う声に、露伴は傍らにいる麗水のことを思い出した。

「そこに居るのだから、受け入れるしかないだろ……スピードまで完全に〈光速〉だとは思いたくないが……かなりそれに近いと思う。攻撃が始まってから、目で見て避《よ》けるってのはたぶん不可能だ」

そうして、露伴は短い間、〈侵入者〉の正体について推測を巡らせる。

ともかく相手が〈光〉にまつわるものならば、この土地に祀《まつ》られた〈神〉である可能性は十分にある。しかし、それもしっくりこない。なんというか、〈光〉という大きなものを司《つかさど》る〈神〉としては厳《おごそ》かさに欠けるように思える。

なんにせよ、それが友好的な存在でないことだけは間違いなかった。

「ともかく、透き通ってたり、隙間があるものの傍はマズい。気をつけろよ」

「そ、そうだ……さっきも不意に勝手口の方を見たときに、ヤツはガラスを通り抜けて入ってきた……！　水滴が布から染み出すみたいに！」

「もう少し早く聞きたかったよ。もちろん、僕らはそーゆーワケにいかないがな……人間は開かない戸や窓を抜けられない。〈ヘブンズ・ドアー〉とかいってもドアの代わりにはならないんだ……場合にもよるか……」

「なあ露伴先生、気になってたんだけど、その〈ヘブンズ・ドアー〉って……」

「漫画家はたまに必殺技みたいなの言いたくなるんだよッ！　ほら行くぞッ！」

麗水もようやく目が見えるようになってきたのか、自分で立って歩き始めた。

フットワークが軽くなったのは幸いだが、見えるということはつまり、〈侵入者〉に攻撃される条件を再び満たすということだ。

露伴は急いで、しかし用心深く廊下に出た。

「明かりはつけるな……廊下にも鏡がある。視界が良くなるとヤツが映るぞ」

壁を手探りに廊下を歩き、露伴はまっすぐに玄関へ向かった。勝手口を除けば、この家で唯一の、正規の出入り口だ。簡単に開くという望みは薄かったが、試さざるをえなかった。

「くそッ……やっぱり開かない。木枠にギチギチに締めつけられている」

「湿度に応じて膨らむ木組み……スゴいなァ〜〜！　こんな変な建具、どこの職人が作ったんだろうなぁ〜〜……」

「変態やるなら一人のときにしてくれるか？　それより何か、尖ったものとかないか……こうなったら賃貸とか関係ない。窓を割るしかないぞ」

「ところが……露伴先生」

麗水はポケットに入っていた玄関のカギで、戸の透明な部分を思いっきり突いた。多少のヒビは入ったが、ガラスにしては妙な音がした。

「これ……玄関戸の、覗き窓部分。ガラスコーティングされた〈アクリル〉だぜ。それに頑丈な〈栗の木〉の枠だ……たぶん椅子投げても割れないようにできてる」

「なんだと⁉」

「大したもんだよな……特注品も特注品だ。ぶっ壊してみようと思わないと、まず気づかない……それに……分かってはいたけど、ここも長居はまずいみたいだ」

「ああ……」

リビングの方から、あの足音が聞こえていた。ギッ、ギッ、と小さく軽く、よく聞いてみれば、ズルリと引きずるような湿った音も混じっている。

「ヤツは別に、覗き込まなくても僕らを見つけ出すみたいだ。この場所に居るのはとてもマズいことだ……玄関の窓に、暗い廊下の様子がスゴく〈反射〉してるからな……」

〈侵入者〉に見つかる前に、露伴たちは移動を始めた。玄関から一番近い書斎へと、襖を開けて逃げ込んでいく。

「このまま〈仕事部屋〉に行こう」

「〈仕事部屋〉？　そっちも窓が閉まっているんじゃあ……」

「あの部屋には〈除湿機〉がある。強力なヤツだろ？　窓枠が湿気で膨らんで僕らを閉じ込めているのなら、この状況を打開できるカギはそれだけだ。問題は〈光〉と〈湿度〉の二つだが……〈湿度〉の方には解決手段があるッ！」

「……ああ、そうか！　それなら、よし。行こう」

ご丁寧に、部屋の入口からは廊下の姿見が目に入ることに気づき、しっかりと襖を閉めた。麗水は手探りで明かりをつけようとしたが、露伴が止めた。

「なんだよ、先生……明かりをつけなくては、暗くてよく見えないぞ」

「ニブい君にも分かるように説明するとな……暗い廊下に明かりが漏れるってことだ」

「あっ、そっか」

「それにいちいち明かりをつけて移動したら、その部屋に居ましたって言うようなものだぞ。ヤツに僕たちの逃走経路を教えてどうするんだ？　だいたい……ヤツが〈光〉なら、明かりが漏れるような隙間を教えただけで、そこをすり抜けてくる可能性がある」

「……なんか先生、やっぱ慣れてないか？　こういう状況」

「シッ！」

露伴が唇に指を立て、耳を澄ます。

廊下の方で確かに、ギッ、ギッ、と床を叩く音がする。今、この家の中にいる露伴と麗水以外の存在は、あの〈侵入者〉以外にない。

露伴は音をたてぬよう歩きながら書斎の窓に手をかけてみたが、やはり開く様子はない。木枠はしっかりと窓を締めつけ、露伴たちを閉じ込めていた。

露伴は麗水の肩を叩いて合図しながら、隣の仕事部屋へ続く襖を開いて、静かに移動していく。

「部屋と部屋が繋がってるのが、不幸中の幸いってとこだな……」

声を潜《ひそ》めながら呟く露伴に、麗水も頷く。

仕事部屋へ移動したところで書斎の戸が開く音がした。廊下にいた〈侵入者〉が、少し遅れて露伴たちを追っているようだった。

「……不気味なヤツだ。目は見えているようだが、耳は聞こえているのか……少なくとも廊下に僕らがいないと見ると、家探しを始める程度の知能はある。ヘブンズ・ドアーが通じる以上は、犬猫以上の頭があると考えていいが……なぜ人を追って襲いかかる？　ヤツの目的は、一体なんなのか……」

書斎を歩く足音は、少し惑っているようだった。ゴソゴソと擦れる音は、本棚に触れているのだろう。本を一つずつずらし、本棚の陰を覗き込んだり、隠れているものを探している気配があった。

そして不意に、ハッキリと、足音とは違うものが聞こえた。

声だった。それは微かに、赤ん坊が泣くように「ミャア」と声を上げた。高い割には濁った、間延びした声音。

麗水はその声に息を呑んだ。

「うっ……よ、呼んでる……」

「バカ、応えるなッ！　この部屋に居るのがバレる……」

露伴は麗水を小声で制しながら、仕事部屋の窓に触れた。

「やはり、簡単には開かないな……当たり前だけど、空調による除湿くらいは計算して作られている。だが……リビングの窓とかよりは動きそうな手応えがあるぞ。この部屋が定期的に除湿されているせいだろう……これなら、湿気を飛ばしてやれば望みはある」

次に露伴は、暗闇の中、床置き式の除湿機を探り当てた。スイッチは大きく、手探りでも操作できそうだった。

努めて静かに除湿器を引っ張って、窓側に寄せる。果たして十分に窓枠を乾燥させる間、〈侵入者〉が待ってくれるかは疑問だったが、その場合は家の中を逃げながら十分に除湿効果が現れるのを待つしかない。

露伴はそう思案しながら、除湿器のスイッチを入れた。

途端、暗闇の中で稼働音が鳴り響いた。

「なにッ⁉」

露伴は目を丸くした。隣の部屋にいる〈侵入者〉の気配が、明らかにこちらに気づいたようだった。

「く、クソッ！　この機械、こんなにやかましいのかッ⁉　ヒーターみたいなものだろ！　なんでこんなにガタガタ唸《うな》るんだ⁉」

「あ……そ、それ、〈ハイブリッド式〉なんだッ！　モードが違う……強力乾燥モードはコンプレッサーが動くッ！　駆動音が大きいんだッ！」

「先に言えッ！　くそッ、このまま二階に逃げるぞッ！」

戸惑う麗水を引っ張りながら、露伴は仕事部屋から出て階段に足をかけた。

振り返れば、暗く狭い階段の下には奈落のような闇が広がっていた。闇の中で、露伴と麗水以外の、人ではない存在が動いている気配が感じられる。

〈侵入者〉の足音は、書斎から隣の仕事部屋へ移動したようだった。どうやら、除湿機の動く気配に気を取られている様子だった。ガタゴトと、除湿機に構う音が、けたたましく響いている。

「意外とうるさいヤツだ……近づいてくる気配が分かりやすいのと、こっちの声や足音が紛れるのはありがたいが……」

「ど、どうする……？　アレが脱出手段なんだろ？」

「言ったろ、二階に逃げるんだ。ヤツが追いつく前に……君の〈隠し部屋〉にあった、もう一台の除湿機を稼働させる。……今度はコンプレッサーを使わずに駆動音が静かな〈デシカント〉モードでね……時間はかかるだろうが……」

階段を昇ると、どうしても微かに足音がする。露伴たちは〈侵入者〉が立てる物音に紛れながら、小窓から差し込む街灯の光を頼りにして、どうにか二階へと昇り切った。

明かりのついていない二階の廊下は、ことのほか不気味だった。

「……〈不気味な建築〉か」

露伴は昼間のうちに交わした会話を思い出した。人間は、見覚えのある建築にこそ恐怖を感じるという説だ。

今になってみれば、それは何よりもっともな話だった。

日本人にとって親しみのある淡い白の壁紙も、日焼けした襖も、安っぽいフローリングも、どこか見覚えのある風情だ。露伴や麗水ほどの年齢の日本人が記憶や魂のどこかに抱えた、昭和から平成を跨《また》ぐ民家の様式だ。

そんな慣れ親しんだ民家だからこそ、ただ暗いだけの室内は恐ろしかった。

もし廊下でなにか恐ろしい化け物に出会ったら。例えば忍び込んできた泥棒や、潜んでいた毒虫に出くわしたら。

幼少の時期、夜に一人で起きたとき誰もが暗闇に抱いた恐怖。〈家〉という安全地帯であるはずの場所に、異物が存在するという恐怖感だ。

「馴染みある家の中だからこそ、それを非日常へと変貌させる〈侵入者〉の存在は、本能的に嫌悪を抱かせる。僕ですらも思い出すよ……確かに子供の頃、家の暗闇が怖いと感じることがあった」

「……ひとまず、部屋に入ろうぜ。廊下だとすぐ見つかる……注意深くヤツの気配を感じて、部屋と部屋を伝って逃げ続けるしかない」

「そうやって朝まで逃げ続けるわけには行かないが……作戦を考える時間は必要かもね」

静かに襖を開き、露伴たちは二階の寝室へと入った。

明かりはついていなかったが、テレビゲームの赤い電源ランプが微かに室内を照らし、多少は室内の様子が見える。その薄明りの中で、露伴たちは〈侵入者〉の足音を聞き逃さぬように、耳を澄ませながら相談することにした。

露伴は隣室である〈隠し部屋〉の除湿機を、静穏なデシカントモードで稼働させると、寝室に移動してから座布団に腰を下ろし、額に手を当てた。

暗闇の中でも分かる、頭を悩ませている仕草だった。麗水はそれを見ながら、ベッドに腰を下ろした。作戦会議も、当然、声を潜めて行うこととなった。

麗水は努めて静かに、話を切り出した。

「……とにかく、部屋の除湿が終わるまで、逃げ延びないとな。いざとなったら……オレの招いた種だ。露伴先生だけでも、どうにか逃げてほしい」

「よせ。妙に謙虚なこと言われると〈巻き込みやがって〉って文句言いづらいだろ」

露伴は声こそ潜めたままだが、不機嫌そうに返した。

「第一、除湿機を使っても、窓が開くようになる保証はないんだ。僕一人だって逃げられるか怪しいぜ……唯一、栗材じゃあない勝手口の窓を壊せるか試したいとこだったが、キッチンは行き止まりだ……追いつかれたらそこで詰むだろうね」

「オレがヤツを引きつけてる間に、露伴先生だけでも逃げられないか？」

「だからそーゆーのをやめろって言ってんだよ！　君が良いヤツっぽく犠牲になったら僕が嫌な気分で帰ることになるだろッ！　そーゆーのは漫画のストーリーじゃナシなんだ！　そんなしみったれた真似して生き残って、今日のことをネタにできないテンションになったらどーしてくれるんだよッ！　ええッ!?」

「あ――――漫画家ってめんどクサいねッ！　どーもッ！」

暗闇の中で、危機はまったく去ってはいないし、相変わらず脱出経路は見つからなかったが、それでも軽口を叩く程度の気持ちの余裕は戻っていた。

時間と共に瞳孔が開けば、闇の中で目が慣れて、お互いの輪郭くらいはよく見えた。特に麗水の姿はさっきから電源ランプを背負うような形になっていて、くっきりとその輪郭が赤く浮かんでいた。

「……なあ、露伴先生。落ち着いたタイミングで聞きたいんだが……どうも、ズレを感じて気になったし、何か参考になるかもしれないから尋ねるんだが……」

不意に麗水が小声で語りかけた。暗闇の中でも妙にソワソワとした様子は分かった。視覚の情報が少ない分、感情は息遣いを通してよく伝わった。

「露伴先生には、〈アレ〉……どう見えてるんだ？」

「あの〈侵入者〉のことか？」

「そうだ」

「どうって……虹色に透き通って、気色の悪い人型のナメクジとか……クリオネのバケモノだろ。グニャグニャで、なんとなく人っぽい形をしているだけの……〈クトゥルフ神話〉とかに出てきたかもな、ああいうの」

しばし躊躇《ためら》ってから、麗水は質問を変えた。

「露伴先生は、アレを〈光〉のような性質のものだ、って言ったな」

「ああ……あくまでようなって話だし、正体もまだよく分かっていない。でも鏡に反射したり、ガラスをすり抜けたりするものは〈光〉だ」

「〈光〉ってのは、ふつう聞こえるものか？」

「なに？」

「写真家であり、建築物件を見てきたオレは〈光〉に拘りがある……普通、〈光〉ってのは静かで、囁いたりはしない。足音を立てたり、本棚を漁る気配とか起こさない……でも人の脳は曖昧で、音を聴いただけで見えない〈音像〉を認識したりするし、逆に〈映像〉を見ただけでも、脳が記憶してる音が聞こえたりする。結論を言うと、〈光〉は聞こえるんだ。でもそれは、とても特殊なことだ」

「共感覚ってヤツか？　それは、僕も知っているが……」

「だからつまり……ヤツはオレたちが思ってるより頭が回って、自分の意志で音も聴かせられるけど……逆に言えば、本当は、とても静かに動けるんじゃあないか？」

「……なに？」

「例えばだよ。ヤツが〈音〉まで錯覚させられるとしたら……オレたちを油断させることだってできるし、さっき露伴先生と話して思ったが……もしかしてヤツの声が聞こえているのは、オレだけなんじゃあないか？　今もまだ〈怖がらないで〉とか言われているのは、もしかしてオレの頭の中だけで響いているんじゃあないのか？」

「……待て。今、なんて言った？　……今もまだって、そう言ったのか？」

ふと、露伴は妙なことに気づいた。

暗闇の中でも麗水の顔が見えた。この部屋の明かりとなるものはゲームの電源ランプくらいで、それは麗水が背負っているから、顔が見えるのはおかしい。何か、もう一つの光源がなければ起こりえない現象だった。

それに麗水の視線は、露伴の方を向いていなかった。その背後の、少し高い位置へと向いていた。

「おい……麗水？」

露伴の背後には、部屋の出入り口である襖があった。

窓や玄関と違い、古い作りの襖だ。開けることはできるが、すり減ったり、歪んだり、傾いたりしている。だから微かだが隙間がある。

露伴は緩慢な動きで振り向いた。

麗水の視線を追うように、襖へと注意を向けた。襖の隙間から、ぼんやりとした光が誘うように漏れていた。

麗水の視線は、確かにそちらを向いていた。

「……まさか……」


〈侵入者〉は、既にそこに居た。


「こ……こいつ、いつの間にッ！」

露伴が声を上げた。

階段を昇る足音などしなかったはずだ。廊下を歩く気配などなかったはずだ。

しかし、それは極めて静かに、そこに居た。

次の瞬間、〈侵入者〉は音もなく、部屋の中へと飛び込んできた。襖を開けもせず、隙間から光が差し込むように、一直線に麗水へと襲いかかった。

「ガボッ！」

それはキッチンの再現のようだった。〈侵入者〉は麗水の顔にしがみつき、包み始めた。

まるで抱擁のようでもあったが、ぶよぶよと透けた体が纏《まと》わりつく様は捕食の様相にしか見えない。

「麗水ッ！」

「い……いいんだ先生ッ！　逃げろ……！　今のうちだ……」

「ふざけるなッ！　そーゆーのは違うんだよッ！　勝手にバカやって死ぬ奴なんかどーでもいいが、僕はそーゆー台詞言う奴を見捨てる漫画は描かないいんだ！」

「ちがうんだッ！　オレのせいいだ！　……うう……ううう……」

何か、麗水の様子がおかしかった。先ほど襲われたときに比べて、どこか諦観の混じった気配があった。

「うううう……たぶん、全部オレのせいなんだ……！　これはオレだから、来たんだ」

「……どうした？　何を……」

ふと、露伴は先ほどの会話を思い出した。

露伴には〈侵入者〉の姿はどう見えているのか。ふつう、そんなことを聞く必要があるだろうか。ふつう他人と同じものを見れば、同じように見えるのが当たり前のはずだ。

逆に考えれば麗水にとって、この〈侵入者〉はどう見えているのだろうか。

答えは麗水の口から語られた。

「…………………〈幸福〉だった」

「なに？」

「オレは、さっき……露伴先生に助けてもらう前、これが顔に張りついて、オレの眼球に触っている間……実は〈幸福〉だった。あの瞬間、オレはたぶん〈天国〉にいた」

「……〈天国〉だと？」

「勝手口に現れたときは、オレにもバケモノに見えてたんだ……でも顔面に張りつかれてからは、目の前はずっと〈天国〉だった。生きているときと変わらない姿で……スゴく暖かくて、懐かしくて……〈悪意〉とか感じないんだ。痛みとかは全然ない。でも違うんだ……オレの思い出とは、何か違うのに、抗《あらが》えない」

「何を……言ってるんだ？　さっきから話が見えてこない！　いいから抵抗しろ！　今、そいつをなんとか引きはがしてやる！」

「……う……ううう……あああ……！　違うんだ……オレには、オレだけには……」

麗水は泣いていた。何かに戸惑っているようだった。理屈とかではなく感情の部分で、戸惑って、戸惑い抜いて、泣いていた。

そして、やがて形になった答えを、口にした。

「オレの目にだけは……これが〈母さん〉に見えてる」

「な……」

「理性では分かってる……露伴先生には、ちゃんと正体が見えていて、こいつはグネグネした不気味なバケモンなんだろ？　……オレも、理性ではそうなんだと思う」

まったくその通りだった。

麗水の体は力強くとらえられ、今にもその頭は、再び〈侵入者〉に包まれそうになっていた。けれど麗水の声には鬼気迫る恐怖心はない。

「……どこにもなかった。オレの心の中にだけあった〈天国〉……写真の中に探し続けた〈美しいもの〉が……今、あっさり差し出されてる。オレの家の中に〈母さん〉が居る」

「目を覚ませ高島麗水ッ！　そいつはバケモノの〈虚像〉だ！」

「理性では分かってる……母さんは、こんなには優しくなかったし、死んだ〈母さん〉が、帰ってくるはずがない……。怖いよ……〈怖くない〉から、とても怖いんだ。けど……確かに、抵抗とかできない温かさがある。……たぶん、心の奥底でオレの望んだものなんだな……。これはオレの問題で、オレの家の問題で……だから、この家の〈客〉には関係のないことだ」

そして、その顔が包み込まれて見えなくなる、最後の瞬間。

「……だから、オレだけが……〈母さん〉と、〈天国〉に行くよ」

高島麗水は、穏やかだった。

その様子も見えなくなって、〈侵入者〉に包み込まれた。あっという間だった。即座に対応する心構えができていれば、ヘブンズ・ドアーを叩き込めたのかもしれない。しかし直前に交わした会話が、露伴の意識に一瞬の麻痺状態を作っていた。

そのまま麗水は、ズルズルと足を引きずりながら、廊下へと連れ出されていった。まるで肉食動物が、巣穴へと餌を運び込むような動きだった。

ほんの数秒の出来事だった。麗水の体はやがて階段を、下っていったようだった。

「………君の家の問題、だと？」

嵐のような襲撃が過ぎ去って、二階はひどく静かになった。

相変わらず、テレビゲームの電源ランプが灯す赤い光だけが、一人残された露伴を照らしていた。

「……僕には〈対応〉していただけで……最初から、狙われていたのは麗水だった」

露伴は、ぼんやりとした足取りで、襖を開けた。

廊下ではなく、隣の部屋へと続く襖。高島麗水の〈隠し部屋〉へと続く襖だ。連れ去られる前、麗水が最後に視線を送ったのがその部屋だった。

最も大事な場所だけは踏み入らせないという強い意志が、最後の瞬間にもあった。

露伴は除湿機を近づけておいた、その部屋の窓に手をかけた。

思った通り、窓は微かに開くようになっていた。ミリ単位のデリケートな変形により、人を閉じ込める機構。水分さえ抜けてしまえば、こじ開ける目も出てくる。

脱出するための、間違いなく光明が見えている。この家の人間を閉じ込める〈湿度〉の方のギミックは、既に攻略が完了していると言えた。

「……恐ろしい敵だった……。なんにせよ、僕はこれで逃げられる。麗水が襲われている間に、この窓を十分乾燥させれば、脱出することができるかもしれない……。胸を撫でおろして、無事であることに感謝して、この家から出ていくことが……」

ふと、露伴は部屋の中を振り返った。

仰々しいドライケースと、件《くだん》のアルバムが、そこにあった。

高島麗水の過去と、歪んだ美的感覚によって撮られた何枚もの写真。

そこに正しさはなかったかもしれない。けれど、それらには〈拘り〉があり、〈芸術の追求〉があった。美の基準があり、ポリシーがあった。生きている者にとって、死にゆく者にとって、家主にとって、来客にとって、〈家〉こそが安寧の場所であるべきだという価値観はあった。

そこに〈家と住民〉というものへの敬意は、間違いなく、あったはずだ。

「……逆じゃあないのか？」

薄暗闇の中に、露伴の声がポツリと響いた。

「高島麗水は、おかしな男だが……少なくとも家というものの在り方には真摯《しんし》だったはずだ。家に敬意を払い、住民に思いを馳せ、来客をもてなす拘りもあった。賃貸とはいえ、金を払って借りた家……その家主や、招待された客である僕が、どうして〈脱出〉なんか考えなきゃあならないんだ？　……逆じゃあないか。……出ていくべきは僕らではなく、土足で踏み込んできた〈侵入者〉の方じゃあないか？」

少なくとも、この場において無粋であるのは誰であったか。

一度、脅威が遠ざかっていったからか、思考は整理され、心の歯車は既に回りだしていた。この家から逃げるという後ろ向きのギアは既に切り替わり、立ち向かう意志が猛烈な勢いで稼働している。

もっと単純に言えば、ただ気に食わなかった。

「追い出されるべきは、〈侵入者〉の方じゃあないかッ⁉」

そして、反撃は始まった。


〈侵入者〉は達成感に満ちていた。

麗水を捕らえた後、一階に下りたのはキッチンへと向かうためだ。勝手口のある……厳密に言えば、勝手口から〈それ〉が見える場所である必要があった。〈侵入者〉にとってそれは捕食ではないし、攻撃でもない。故に形式はとても大事で、厳かでなければならなかった。

ズルズルと体を引きずって、リビングへと入っていく。

麗水が感じた通り、〈侵入者〉に敵意はなかった。〈天国〉を見せることで人の魂に救いを与える、それは崇高な使命だった。

だが順序がある。

救いを求める者は多く存在するが、与えられるのは一度に一人ずつだ。故に〈侵入者〉は麗水と露伴をそれぞれ処置するため、一人ずつ眠らせる必要があった。

まずは麗水だ。〈侵入者〉は、動物を静かにさせる方法を知っていた。

網膜にほんの少し強い点滅光を送り続けてやれば、それで覚めない眠りに落ちる。それから脳の奥に〈啓示〉を刷り込めば、朝になってこの家の扉が開いた後、この体はその〈啓示〉に従い、ひっそりとした場所で〈終わり〉を迎えにいく。この世のあらゆる艱難《かんなん》辛苦《しんく》から解き放たれて、幸せな夢を見ながら召されることができる。

それまで、この高島麗水という人間が安らかで幸福な終焉《しゅうえん》を迎えられるように、〈侵入者〉は務めるつもりだった。

しかし邪魔が入った。

突然、麗水の体がほどけた。

捕らえていたはずのその体は、ばらばらとめくれて、まるで〈本〉のように変化してしまい、〈侵入者〉の拘束をすり抜けた。この攻撃には〈侵入者〉は覚えがあった。

人間で言えば顔に当たる感覚器を、リビングの入り口に向けた。

「……分かってきたよ……命令を書き込もうとしなければ、つまり、〈ヘブンズ・ドアー〉でページを〈覗き〉込まなければ、攻撃条件を満たすってことはないわけだ」

岸辺露伴が、そこにいた。

「二つの問題があった。一つは、この家から逃げられないってことだが……それは解決した。逃げずに立ち向かえばいいだけだからな……。そして、もう一つ。オマエへの攻撃の手段だが……それも、解決した」

〈侵入者〉は困惑した。なぜ邪魔をするのか？　そして、人や動物を本に変えてしまうこの力は、はたして普通の人間が持ちうるものなのか、と……。

ともかく〈侵入者〉は、行動の優先順位を変えた。この岸辺露伴という男をどうにかしなくては、使命が果たせないことを悟った。

露伴はリビングのドア越しに、〈侵入者〉を覗いていた。覗いているのならば、攻撃条件を満たしている。

〈侵入者〉は稲妻のように跳ねた。

じっと自分の方を覗き込んでいる、その露伴の視線に沿うように駆けて、顔面を狙う。そのまま引っついて、まずは露伴から〈救って〉やろうと思った。

ところが、手応えがなかった。

ひどく軽い感触と共に、露伴の体がペラペラと宙を舞って床に落ちた。〈侵入者〉は再び強い困惑に囚われた。

「疑問だったんだよ。重さとかないし、包丁で刺した手応えもなかった。こいつは本当に物質に干渉できるのか……？　そこが疑問だった」

露伴の声が、暗い廊下に響いた。

〈侵入者〉は再び視線を見つけ、攻撃を行う。しかし、また手応えはなかった。〈侵入者〉はなぜか壁に叩きつけられていた。

「本質は、おそらく〈像〉ってところだ。〈虚像の生命体〉なんだ……そこに存在するが、見えているその体はあくまで映像。人間の目を狙って襲いかかり、心にある〈像〉を読み取って、相手の見たい〈虚像〉へ変化する……生きた光。麗水は引きずられたのではなく、自分で歩いていた。僕への攻撃も同じやり方だ。相手に〈虚像〉を見せ、音を聞かせたり体の運動を支配する……脳への刺激だから、筋力では抵抗できない」

〈侵入者〉は困惑していた。

ある時代になってから、こういう奇妙なことは何度か起こった。確かに人間を見つけ、目を狙って攻撃したのに、なぜか取り憑けないことが起こるようになった。

露伴はそれを分かっていて、指摘する。

「言い換えれば、オマエは幻を見せて、取り憑くだけの……ただの〈妖怪〉。〈神隠し〉じゃあない。〈神〉とはもっと厳格で、超越的なものだからな。しかも……複数の対象を同時に攻撃することは、おそらくできない」

〈侵入者〉は再び攻撃を行った。

また軽い手応えしかなかった。そして視線に向かって攻撃を行った結果、書斎へと踏み込んでいた。本棚の並んだ書斎は物陰が多く、明かりもついていない。露伴の姿を探すのは骨が折れた。

そもそも、〈侵入者〉は苛立ち始めていた。

さきほどから攻撃を行っているのに、一向に露伴の体が摑めない。ぺらぺらとした紙のようなものに当たって終わってしまうのだ。

「だがオマエの攻撃は厄介《やっかい》だったな。反射的だからな……ヘブンズ・ドアーで覗き込んでしまったら、オマエは意識がなくても自動で攻撃に移る。……〈性質〉ってことだ。だが、意思と関係なく起こる〈性質〉なら……弱点にもなるわけだ」

〈侵入者〉はさらに苛立った。暗闇の中で響く声。見つめてくる瞳。

確かに露伴はそこに居るはずなのに、攻撃しても攻撃しても、一向に手応えに繋がらなかった。ペラペラの〈何か〉に当たるだけだった。

不敬だと〈侵入者〉は思った。恐れがなく、挑戦的なものを感じた。今まで〈侵入者〉にこれほど抗い、立ち向かう力を持つ者などいなかった。

高島麗水よりも、この岸辺露伴という人間を先に〈天国〉へ送らなければ、まずいことが起こると感じていた。

ふと〈侵入者〉は、書斎から仕事部屋へ続く襖が微かに開いていることに気づいた。

しかし、〈侵入者〉とて愚かではない。それが、これ見よがしな罠であることには流石に気づいていた。

露伴は明らかに、〈侵入者〉を仕事部屋へ誘い込もうとしている。

ならば、駆け引きが必要だった。

「……襖の隙間へ近づいてこない……そうだろうな」

襖を挟んで、露伴も〈侵入者〉が知恵を巡らす気配を感じていた。

「知識はないが、知恵はある……しかし天気予報によれば、雨は夜中のうちにやむ。除湿機だってあるんだ……膨張の緩んだ〈栗の木の建具〉が、少しでも開くようになれば、僕らはこじ開けて脱出できる。覗かずに待っていれば、有利なのはこちらなんだぜ」

露伴の言う通りだった。時間制限があるのは〈侵入者〉の方だ。

だが誘い込まれているのなら、虚を突かねばならない。〈侵入者〉は知恵をめぐらせた。

〈侵入者〉の性質は、露伴の推理した通りだ。覗き込むというトリガーを露伴に引かせなければ、決定的な攻撃は行えない。

しかし、〈侵入者〉には、まだ見せていない能力がある。〈虚像〉で動きを支配できるのは、人間だけではない。対象の記憶から幻覚や、幻聴を呼び覚ます能力。ある程度の記憶力を持つ動物ならば、〈虚像〉の支配下におけるのだ。しかも人間のように疑いを持たない、単純な知能ならば、より強力に操ることができる。

「……なんだ？」

露伴の声が困惑を露《あら》わにした。小さな音が、書斎から響いていた。

「これは……足音か？〈侵入者〉の作り出す〈音像〉の幻聴か……？　いや、何か違う感じだ……軽いが、床に振動がある。この音の主には〈重量〉がある」

それはタタタタ、と軽い音と共に、露伴へ接近してくるようだった。〈侵入者〉とは明らかに違う気配。何かが襖を挟んで、書斎の中に存在している。

不意に、襖の隙間から小さな影が、露伴のいる仕事部屋へと走り込んだ。

「……〈ネズミ〉だとッ！」

それは確かにネズミだった。麗水の話では、屋根裏や床下に住んでいて、たまに玄関で見かけるという。つまりネズミの侵入経路は、一階にあった。

しかも、ネズミの様子は明らかにおかしい。異常な敵意があった。露伴に向かって牙を剝《む》き、素早くとびかかってくる。

「うおおぉぉっ！」

露伴は腕を振って、そのネズミを叩き落とした。しかし小さな動物とはいえ獣の攻撃力というのは、人間の想像を越えて強力なものだ。

「くっ……攻撃力は高くない。だが……凄まじく獰猛《どうもう》だッ！　こいつ、興奮させられているのか⁉　何かの〈虚像〉を見せられて……ひどく怒っているッ！　捨て身でも構わないってくらい、体中が殺意に満ちているッ！」

露伴は仕事部屋の明かりをつけていなかった。明かりをつけると窓や棚のガラス、パソコンのモニターが、全て鏡のように強く反射してしまうからだ。〈侵入者〉は露伴が暗闇の中で戦わねばならないことをよく分かっていた。

「暗闇でネズミが獲物を捕らえる力は、凄まじく強い。そしてこのスピード……一撃は大したことないようだが、動脈を狙われるのはマズい。ネズミの歯の咬合《こうごう》力は、皮膚どころのダメージじゃあ済まない！　動脈くらい、簡単に食いちぎるぞ……このままはマズいッ！　くそッ、追い詰められていく……！」

暗い仕事部屋の中を、小さな影が疾駆する。

右へ、左へ。気配はあるが、とても人間の視線で追える速度ではない。

露伴にとって何より厄介なのは、ネズミを目で追うことで、不意に〈侵入者〉の居る方向を覗き込んでしまう危険性だ。この状況を長く続けるわけにはいかない。

「やるしかない……このネズミを放置し続ければ、僕は負けるッ！」

露伴は勝負に出る覚悟を決めた。

ネズミが机を蹴り、露伴の腕へと噛みついた。その瞬間だった。

「ヘブンズ・ドア————ッ！」

露伴はネズミに向かって能力を使う。ばらりと小さな体が開き、本へと変わっていく。

その瞬間、勝負は決した。

——勝った。

〈侵入者〉は、そう確信した。本になって開いていくネズミの中から、妖しい光がキラリと瞬いた。〈侵入者〉は本来、物理的な厚みや重みのない虚像の生命体。

故に、小さなネズミの体内に潜むなど、容易なことだったのだ。

露伴は近距離でヘブンズ・ドアーを使ったことで、ネズミの中を覗き込んだ。

〈侵入者〉からも、露伴の姿がハッキリと見えた。二つの眼が確かに、〈侵入者〉の方を向いている。

〈侵入者〉は光線となり、暗い部屋の中を走った。

そして、驚愕した。

「そうくると思ったよ」

また、手応えがなかった。

露伴は〈侵入者〉の手口を先読みし、その攻撃を〈ある物〉へ誘導していた。

「そこに潜むと思っていたよ……本気で勝負を決めにくるなら、ネズミの中にいると……目で見て避けるのは不可能だが、あらかじめ攻撃の射線が分かれば話は別だ。なかなか頭は回るらしいが……駆け引きの場数ってヤツが足りなかったな」

〈侵入者〉を絶望感が襲っていた。

確かに視線に向かって攻撃したのに、人間を捉えた手応えはなかった。先ほどと同じ、ペラペラとした平べったい〈何か〉に、〈侵入者〉は触れていた。

「オマエはおそらく、古い文化に生きた存在なんだろう？　……テレビを攻撃していたときに気づくべきだったよ。自分が〈像〉の存在である故に、〈映像〉や〈画像〉といったものを区別できていないな……現代人も〈虚像〉を作り出せるという発想がない」

それは〈侵入者〉が生まれた時代にはなかったもの。

さんざん人間の記憶を呼び覚まし、〈虚像〉を見せてきたが……人間を理解し、学ぼうとはしなかったが故に、〈分からない〉のままだったもの。

「〈ポラロイドカメラ〉……なるほど。本当に生々しい質感の〈写真〉が撮れる。何より、すぐ何枚も〈写真〉を現像できるってとこがいい……さっきからオマエが攻撃していたのは、僕の写った〈写真〉の視線だった」

そう、露伴自身は一度たりとも、〈侵入者〉を視界に捉えていなかった。〈写真〉を囮《おとり》にして、〈侵入者〉を倒すために、ある物へと誘導し続けていたのだ。

そして、勝負は決していた。

露伴が手を動かすと、まるで本に挟まれる栞《しおり》のように、〈侵入者〉は巨大な機械に挟み込まれた。

「〈FAX複合機〉の、原稿台の蓋に張りつけられた〈写真〉を、オマエは攻撃したんだよ……僕だと思ってな。そして今、〈写真〉と一緒に、原稿台に閉じ込められた」

露伴はFAXのパネルを操作する。

暗闇の中でも、タッチパネルの明かりはよく見える。

一方、〈侵入者〉は困惑し続けていた。太陽のように強い光が、閉鎖された原稿台の中で動いている。

その光の動きに巻き込まれて、〈侵入者〉の体が、何かの強い流れに混ざって吸い込まれていく。

「〈光電変換〉って言葉がある……やっぱりデジタルも便利だ。電子光子の相互作用とか、難しい話を抜きにすると……FAXのCCDセンサーは、〈光〉のエネルギーを〈電気信号〉に変換してしまう。蓋も高性能で、ぴったり閉じれば隙間なんかない」

未知の感覚だった。

〈侵入者〉は、自分の存在がバラバラに解《ほど》かれていくのを感じていた。とても〈侵入者〉

の価値観では理解のできない、文明が産んだ鉄の怪物に食い散らかされるかのようだった。

「さて……このまま画像データになったお前を印刷し、覗き込んだら再び攻撃が始まるのか……？　そこは正直、スゴく気になるところだが……この複合機、メールも送れるタイプだ。こういう多機能化ってのは色々本末転倒だが、見直したよ。とりあえず僕のメールアドレスに送ってやる。もっとも、二度と開いたりはしないと思うが……」

露伴はタッチパネルに指を伸ばすと、最後のボタンをタッチした。

パネルには〈メール送信〉の文字が刻まれていた。

「光回線での、快適な旅を楽しむといい」

そうして文明の利器は容赦なく、その画像を光の道を使って送信していく。

いくつもの信号に切り分けられた〈侵入者〉は、麗水の家から追い出されていった。

文字通り、光の速さで。


『――シン？』

スマートフォン越しに聞こえた麗水の声は、意味を摑みかねているようだった。

「〈蜃《シン》〉……蜃気楼の〈蜃〉だ。例えばの話だが、そーゆー妖怪がいる」

歩きスマホは良くないことだが、露伴は杜王町の外れを歩きながら返答した。散歩ではなくて、目的のある夜の旅だった。

「他に〈ミズチ〉とか〈オオハマグリ〉って読み方もある。その読み通り、龍だか貝だかも曖昧で、ヘビとキジの子供だとかツバメを食べるとか、伝承が安定しないが……人に幻を見せる。つまり〈蜃気楼〉にまつわる妖怪だってとこが一貫してる」

『あ〜〜〜〜、〈辰〉に〈虫〉か！　そういえば、最初はグネグネした姿だったな。あの〈侵入者〉がそうだったたって？』

「あくまで、そういう類のものなんじゃあないか……という想像だけどね。貝類と言ってもアレはハマグリというより、ナメクジのようだったし……僕もあの後で調べてみたが、結局二か月探しても、〈侵入者〉の正体にしっくりくるような文献は見つからなかった。ヤツの正体を知っている人間も、現代にはいない。歴史の空白……正体は不明のままだ」

車のライトが見えて、露伴は少々注意を払った。

八月の杜王町は夜でも暖かな風が吹いている。

『……結局、アレはどうしてオレを襲いに来たんだろうな』

「……たぶん、問題は〈間取り〉だった。麗水、君の家の〈勝手口〉の位置が、もしかしたら問題だったんだ」

歩きながら、露伴は六月のあの日、麗水の家へ向かう道のことを思い浮かべた。

「あの〈勝手口〉は坂道に面していた。まっすぐ、君の家から坂を見下ろせるように」

『そうだな。景色が良かった』

「あの坂の突き当りに、ボロい〈社〉があっただろう?」

『ああ、あの割れた鳥居がついてる……。……オイ待て、まさか……』

「おそらく〈侵入者〉は、あの社に祀られていた。あの後、社を調べたが、ご神体はもぬけの空だったよ……麗水。君は毎日、勝手口の窓からあの社を覗き込んで居たんだ」

スマホ越しの声が止まった。

麗水は困惑しているようだった。無理もない。殆ど無意識に、妖怪の攻撃条件を満たし続けていたのだから。

『だが……なぜ六月なんだ? おかしいぞ。覗き込んだら襲ってくるってのなら、いつだって襲われる可能性があったはずだ。あの家はなぜ六月に襲われる?』

「もしかしたら、それが〈特別な時期〉なのかもな」

なんでもない、という調子で露伴が答え、麗水は電話の向こうで首をひねった。

『……ヤツがあの社のご神体だとして、六月が〈特別な時期〉なんてあるか? 日本じゃあ、六月は祝日のひとつもないんだぞ』

「日本にはね」

露伴は記憶の中で、あの小さな社の姿を思い浮かべた。あの事件の後、露伴は独自にあの土地の背景を調べていた。結果として、社に祀られていたものも〈侵入者〉の正体も分からなかったが、興味深い文献に当たったった。

「あの社、鳥居が割れていただろ」

『ああ』

「あれは割れてたんじゃあない。元は二つ並んだ〈十字架〉だった」

『……なんだと？』

「隠しシンボルってヤツだ。マリア観音像や長崎《ながさき》の枯松《かれまつ》神社のように、仏教や神道施設に偽装したキリスト教遺跡というわけだ。堂々と歴史に残すことのできなかったもののな」

『おい、それじゃあアレはまさか……』

「だが、僕はやはりアレが〈神様〉とか〈天使〉だとか思わない。少なくとも、あんなふうにホイホイ姿を現さないものなんだよ。やはりアレは〈妖怪〉だろう」

『……やけに実感あるな。本物見たことあるのか？』

「漫画家だからね」

露伴は片手でスマホを支えながら、宙に指で絵図を描きつつ一つの〈想像〉を語り始めた。

「例えば……かつてS市にも〈隠れキリシタン〉が存在した。江戸時代に彼らを襲った幕府の棄教令《ききょうれい》……迫害され、信じる神すら取り上げられた彼らが、あの〈望んだ虚像〉を見せる妖怪に出会ったとき、それを奇跡のように神聖視したとしても、無理はない」

『……』

「そして六月の初め。〈イースター〉の五十日後にやってくる〈ペンテコステ〉……精霊が降臨し、人々が使徒の列に加えられる日とされる。移動祭日だが、日本の気候ではたいてい梅雨入りの時期と重なる。夏至付近の祝祭というのはたいてい〈火祭り〉で、君はあの日、コンロの炎を使って調理を行った。……勝手口から真っすぐ見える社からは、君が偶然〈参拝〉したように見えたかもしれない」

『……でもそれ、先生の〈想像〉なんだろ?』

「あくまで〈想像〉……確かなことはない。結局、あの〈侵入者〉という存在は、伝統の消失が産んだ〈虚像〉。掴むことのできる〈実像〉がなかったわけだ。……まあ僕としては、これだけでもネタにはなるからいいけどね」

話を聞きながら、麗水は一応納得しようとしてみたが、頭の中はモヤがかかったままだった。何せ命の危険にさらされたのだ。自分を襲った事柄に対して、何かもっと確かな事実が欲しかった。

それを察したのか、露伴も話を進めた。

「だが〈あの家〉の正体は分かった。管理会社の人間から、詳しい話を聞けたからな」

『なに!? よく聞き出せたな……あんなヤバイ物件だ。ふつうはシラを切られそうなものだが……』

「特別な取材方法があってね」

そう言いながら露伴は空中に、指で少年の〈像〉をなぞってみせる。もっとも、スマートフォン越しには見えないし、麗水には目の前に居ても見えないだろう。

「そして、結論から言えば……やはり、彼らも〈侵入者〉の正体を知らなかった。ヤツがなぜ侵入してくるのか、あの間取りの危険性すらも把握していなかった」

『なんだよ……結局核心はお預けか？』

「ただし……あの家に〈侵入者〉が入ってくること。それ自体は知っていたんだ」

『なんだと？』

露伴は空を見上げた。夏の夜には、皿のような満月が浮かんでいる。

昼をも欺《あざむ》く眩《まばゆ》い光に照らされながら、露伴は語り続ける。

「管理会社にとっても、間違いなくアレは正体不明だった。なぜやって来るのか、何のために人を襲うか分からない、恐怖の対象だったわけだ……だが、一年に一度、大雨の翌日に、あの家の住民を襲うってことは確実だった。だから被害者を固定したんだ。万が一、あの家を管理している自分たちに、被害が飛び火しないようにね」

『……オイ、それってまさか……』

「そうだ。確実な被害の出る日にだけ、住民を閉じ込める仕掛け……〈栗の木の建具〉を用意して、毎年確実な〈生贄《いけにえ》〉を用意した。原因の追究を諦め、消失した伝統や歴史に、とりあえずの蓋をするための……あの家は、被害者をコントロールするためのもの」

そして露伴は満月を仰ぎ見ながら、結論を述べた。

「君が借りたのは〈生贄の家〉だった。僕たちを攻撃してきた敵は、妖怪の〈侵入者〉と人間の〈管理者〉……二ついたんだ」

『……』

スマホの向こうに、麗水の絶句を感じた。

実際に襲われた麗水は、あの〈侵入者〉の恐ろしさをよく分かっていた。助かった経緯は分からないが、もし露伴が居なかったら自分が死んでいただろうことをハッキリと確信していた。

だからこそ、その真実はおぞましかった。

『……赤の他人であれば、襲われてもいいと……自分たちに被害が及ばなければ、それでいいということか？　安さにつられて物件を借りにきた貧しい他人であれば〈どうでもいい〉と……そう思ったわけか？』

「そうだろうな。この事件、その〈人間の悪意〉だけが真実だった。……人を閉じ込める〈仕掛け建具〉として形になった、唯一の〈実像〉がそれだった」

『……だけど、その特定の日に〈生贄〉が居なかったら、どうだったんだ？　もし先生の想像通り、あの〈侵入者〉が〈参拝者〉を救いにやってくるものだったら、そもそもあの家に誰もいなければ、何も起こらなかったんじゃあないのか？　当日、住民が留守ってこともあったんじゃあないのか？』

「僕もそれは疑問に思った。だが、君も知っての通り……あの管理会社は、律儀に毎年住民を確保し、彼らは全員行方不明になった。毎年〈犠牲が出る〉という習慣を変えさせないことで、想定外の事態が起きることを防いでいた連中だ。どうやら犠牲を出さないというケースはなかったわけだ……当日の外出を控えさせるって努力も、何かとしてたんじゃあないか。例えば……空き巣注意のチラシ、入ってたのは君の家だけらしいぜ」

　再び会話が途切れた。

　無理もないだろう、と露伴は思っていた。今の瞬間、麗水は理解できない〈侵入者〉の脅威よりも、理解できる人間の残酷さに……他人事《ひとごと》のように振るわれる悪意の方に恐怖を感じているはずだ。

『……オレは……家に染みついた、人の匂いが好きだった。家というものを作り、暮らす人々には……たとえ欠陥があっても、作りが粗末でも、そこに〈幸福〉へ向かう意志があると信じたからだ。自分の家で命を終えたい人間はいても……人を殺すためだけに手を加えられた家なんて、恐ろしいものがあるとは思っていなかった』

　スマホ越しに聞こえる声には、湿った質感があった。

電波の信号を介しても、悲しみの震えは伝わってくる。

『……〈家〉とは、屋根がある場所のことでも、建物の名前でもない。人が、幸福に安らげる場所のことだ。安心して帰ることができるから、人は遠くへ出かけてもいける……その願いが叶わないのなら、あの場所はもう〈家〉じゃあない。出ていくよ』

「転居先は探したのかい？」

『しばらくは探さなくてもいいさ。留置所にも数日泊まれるだろうし』

「なんだい。とうとう捕まったのか？」

『〈遺書を残した彼女〉の親族が見つかってね。こちらからコンタクトしたんだ。まぁそのときに、あれやこれやと、芋づる式に』

「割に間抜けな終わり方だったな」

『まあいいさ。露伴先生に見られて気づいたんだよ。やっぱり、写真は人に〈見てもらう〉ためのものにしたい。いくら最期を美しく飾っても、広い場所に発表できないなら、やっぱりどこか後ろめたさが残ってしまうんだ。でも、捜査する警察官はじっくり見てくれるだろうからな』

「なるほどね……」

『色々済んだら、今度はまた、別のやり方を探してみるよ』

「せいぜい頑張るんだな。自首すべきともシラを切るべきとも、君を友達だとも思っていないが、とりあえず写真は嫌いじゃあない」

『ありがとう』

麗水の判断の是非《ぜひ》を問うつもりは、露伴にはなかった。ペン先を選ぶように、カメラを選ぶように、芸術家であることをやめない限りは〈納得〉のいく道を選べばいいと思った。

『ところで露伴先生、今……外に居るのか？　風が強くなってきたようだが』

「ああ。ちょっと用事があってね」

『この時間に？　……その風、海のあたりか？』

「ヒョウガラ列岩側のな……そろそろ待ち合わせの場所だから、切るよ。もしかしたら刑務所で会うかもだが、たぶんそれはないだろうから、もうしばらく君と話すこともない。自首するつもりとかもないしな」

『……おい？　露伴先生？』

そうして露伴は通話を切った。

梅雨はとうに過ぎて、時期はお盆。真夏の満月が煌々《こうこう》と照らす、八月の夜。

麗水が〈侵入者〉に遭遇した六月は、誰かの何かにとって、特別な日だったのかもしれない。いや、おそらく誰にとっても特別でない日など一年のどこにもないのだろう。

少なくとも今日もまた、誰かにとっては特別な日。

「杜王町に伝わるという伝統……八月の満月の日にだけ使える、〈クロアワビ〉の密猟方法……まあ、これもまったく、失敗すれば犯罪ということなんだが……本当に上手くいくんだろうな？」

なるほど、現代社会の倫理からは外れているのかもしれない。

「……だが行こう。好奇心のためだけだがな」

露伴はその日、ひとつ法を犯そうとしていた。もちろん動機は〈好奇心〉……ということになっている。事情はどうあれ、現代の倫理では犯罪になる。

しかし、ときにはより大切なもののために、現代社会のルールを超えていく判断が、必要なこともあるのかもしれない。

例えばそれは自分のルーツの探求であったり、或いは誰かの命を救うためであったり、ときには純粋に面白い漫画を描くためであるかもしれない。

何にせよ、それは果てしない冒険になる。

きっと楽な道ではない。

歩き通した後には、ヘトヘトに疲れ果てているかもしれない。

そんなとき、帰るべき〈家〉を心に描くだけで、人は冒険へと向かうことができる。虚像でも実像でも、確かな帰るべき場所の像が心にあれば。

「……無事に帰れたら、まずは一休みしようかな。〈家〉に帰ることができたら……そうしたら、漫画を描こう。夏の読み切りは、四十五ページか……」

真夏の海岸に、迷いのない足音が響いていく。
月の明かりは、帰り道を明るく照らしている。

荒木飛呂彦
Hirohiko Araki

1960年生まれ。第20回手塚賞に『武装ポーカー』で準入選し、
同作で週刊少年ジャンプにてデビュー。
1987年から連載を開始した『ジョジョの奇妙な冒険』は、
圧倒的な人気を博している。

北國ばらっど
Ballad Kitaguni

第13回スーパーダッシュ小説新人賞優秀賞受賞。
既刊に『アプリコット・レッド』、
『僕らはリア充なのでオタクな過去などありません(大嘘)』など。
ノベライズ担当作品に「くしゃがら」
(『岸辺露伴は叫ばない 短編小説集』収録)、
『呪術廻戦 逝く夏と還る秋』など。

◆初出
黄金のメロディ　原作者 岸辺露伴――岸辺露伴は動かない　短編小説集(4)
(ウルトラジャンプ　2021年11月特大号付録)
5LDK○○つき――書き下ろし

岸辺露伴は倒れない 短編小説集

2022年12月24日　第1刷発行
2023年 2 月22日　第2刷発行

著　者　北國ばらっど

原　作　荒木飛呂彦

装　丁　小林 満 + 黒川智美(GENIALÒIDE,INC.)
編集協力　北 奈櫻子
担当編集　福嶋唯大
編 集 人　千葉佳余
発 行 者　瓶子吉久
発 行 所　株式会社　集英社
東京都千代田区一ツ橋2-5-10　〒101-8050
電話【編集部】03-3230-6297
【読者係】03-3230-6080
【販売部】03-3230-6393(書店専用)
印 刷 所　大日本印刷株式会社
株式会社太陽堂成晃社

ISBN978-4-08-703529-2 C0293
検印廃止